追放されたギルド職員は、
世界最強の召喚士
～今更戻って来いと言ってももう遅い。
旧友とパーティを組んで最強の冒険者を目指し
ステラ
アルトとは冒険者学院の同期で『魔炎の剣姫』の異名を持つ美少女剣士。ソロでありながら史上最速でB級冒険者まで上り詰めた才女である。
アルト
冒険者学院を卒業後、生活のために冒険者ギルドの職員となって働く少年。
農民生まれを理由に上司からクビにされるが、実は抜きんでた力を持つ召喚士でもあり……。

「――アルトくんって、召喚士なんでしょう？　接近戦、大丈夫ですか？」

レグルスが、一足で間合いを詰めてきた。

（速い!?）

目と鼻の先、触れれば即死の魔手が迫る。

「――武装召喚・双雷刃ゼノ！」

レグルス
ダンジョンで遭遇した謎の男。軽薄な態度で人を小馬鹿にしながら、生命を操る恐るべき能力で、アルトたちを追い詰める。

追放されたギルド職員は、
世界最強の召喚士
～今更戻って来いと言ってももう遅い。旧友とパーティを組んで最強の冒険者を目指します～
月島 秀一
Illustration
チワワ丸

目次
contents

第一章　ギルド追放

アルト・レイス、一四歳。

冒険者学院を首席で卒業した俺は、国家公務員である『冒険者ギルドの職員』となった。

学院長は「アルトは冒険者になるべきだ。今はまだ青いところもあるが、お前ならばいつの日かA級冒険者という高みへ……いや、もしかすると特級冒険者になれるやもしれぬ」と言って、いつの間にか有名ギルドへの推薦状まで用意してくれたけれど……。

故郷に残してきた母さんのこともあるので、丁重にお断りさせてもらった。

彼女は女手一つで、俺をここまで育ててくれた。

父さんは俺が生まれてすぐ、流行《はや》り病で亡くなってしまったらしい。

優しくて誠実な人だったと聞いているが、顔も覚えてなければ、一緒にいた記憶もないので、正直あまりピンとこなかった。

なんでも白い髪は父さん似で、柔らかい目元は母さん似らしい。

小さい時のことはあまり覚えてないけど、それでも母さんが身を粉にして働いてくれたことは、しっかりと記憶に残っている。

冒険者学院の入学金や三年間の授業料も、彼女が少ない給金を何年も貯《た》めて工面してくれた。

冒険者は『一獲千金』を狙えるが、常に死と隣り合わせの不安定な職業。

その反面、冒険者ギルドの職員は国家公務員ということもあり、安定した給金が毎月支給、福利厚生もしっかりしている。

——これまで苦労を掛けてきた分、母さんには楽な思いをさせてあげたい。

だから俺は、最強の冒険者になる夢を諦め、ギルドの職員として働くことを決めたのだ。

初年度に派遣されたのは、地方のＣ級ギルド『貴族《きぞく》の庭園《ていえん》』。

ちょっとした座学を終え、ギルドの内規《ないき》を覚えたら、すぐに現場へ送り出される。

裏方の事務作業・クエストの受付・冒険者のカウンセリングなどなど……半年が経過する頃には、仕事のいろはが身に付いてきた。

「——どうもどうも、万事屋ツルカメ店です！　アルトさん、今月の注文はいかがなさいますか？」

「あっ、お世話になっております。今回はいつもの羊皮紙《ようひし》とインク、それから机と椅子が壊れちゃったので、以前注文したのと同じものを一式お願いします」

「まいど、ありがとうございます！」

消耗品や備品の管理・発注といった定例業務を済ませ。

「おーいアルトの坊主、次はこのクエストに行く！　ちゃちゃっと手続き頼むわ！」

「はーい……って、傀儡回廊《くぐつかいろう》ですか。ここはとても危険なダンジョンなので、くれぐれも気を付けてくださいね？」

「へっ、あんがとよ！　いつも通り、パパッとクリアしてくらぁ！」

クエストの受注業務をこなし。

「アルトさん、もしよろしければ、空を飛べる召喚獣をお貸しいただけませんか？」

「はい、もちろんです。ワイバーン三体で足りますか？」

「なんと、三体も!?　ありがとうございます！　本当に助かります！」

得意の召喚魔術を活《い》かしたレンタルサービスを実施する。

仕事は忙しくて大変だけど、どれもやり甲斐《がい》のあるものだった。

ギルドを利用してくれるお客様──仕事を発注してくれる商人やクエストを請け負ってくれる冒険者は、みんなとてもいい人たちばかりだし、この貴族の庭園というギルドは、実家から通える距離にあるので通勤も快適。

環境的には、これ以上ないほどに恵まれていた。

ただ一つ、ギルド長が『最悪』という点を除けば……。

「──おいアルト、ちょっとこっち へ来い！」

「は、はい……っ。なんでしょうか、デズモンドさん……？」

貴族の庭園のギルド長デズモンド・テイラー、彼がとにかく酷《ひど》い男なのだ。

強い選民思想を持つ典型的な純血主義者、「国家公務員は上級国民であり、そこに務める者は誇り高き血筋──神に選ばれし、貴族の生まれでなければならない」と考えている。

そのためデズモンドは、ギルド内で唯一『農民生まれ』の俺を敵視し、いじめ紛《まが》いのパワハラを繰り返すのだ。

「アルト、無教養な農民は、こんなことも知らないのか？　……なに、こっちの術式の方がより効率的だと……？　うるさい！　お前は言われたことだけやれ！　余計なことは考えるな！」

「無能なアルトでも、メシだけはちゃんと食うんだな。どうだ？　うまいか？　大した成果も出さずに食うメシは、さぞうまいだろうなぁ！　まったく、うらやましいものだ！」

「おい、その不満げな顔はなんだ？　私のやり方が気に食わないのなら、いつでも辞めてくれていいんだぞ？　お前の代わりなど、いくらでもいるのだからな！」

どれだけ成果を出しても認められず、返ってくるのは耳を塞ぎたくなるような罵倒の嵐。

「……申し訳、ございませんでした……っ」

俺はその理不尽なパワハラを黙って耐え忍んだ。

否、耐え忍ぶことしかできなかった。

通常なら受理されるはずの『他ギルドへの異動申請』が、何故か悉《ことごと》く却下されてしまうのだ。

風の噂《うわさ》によれば、デズモンドは中央政府に太いパイプがあるらしい。

おそらくは裏に手を回して、俺の異動申請を弾《はじ》いているのだろう。

（我慢、我慢だ……っ）

冒険者ギルドの新人職員は、一年に一回、配置換えが行われる。

これは明文化された規則であり、デズモンドの力じゃどうすることもできない。

後二週間。

後二週間だけ我慢すれば、俺は新しいギルドへ転属される。

（後少し、ほんの少しの辛抱だ……っ）

そう思って、必死に我慢してきたのに……。

デズモンドの『最後の嫌がらせ』によって、俺の一年にも及ぶ忍耐は、全て水の泡になってしまった。

「――アルト・レイス、お前は今日でクビだ」

「……え？」

昼下がりに告げられた、突然のクビ。

一瞬、何を言われたのかわからなかった。

ギルドの職員をクビにされたら、転属の話も全てパァだ。

国家公務員という職を失い、完全な無職になってしまう。

「そん、な……っ。どうして俺がクビなんですか!?　デズモンドさん、理由を教えてください！」

Ｃ級ギルド『貴族の庭園』の発展に、俺は少なからず貢献してきたはずだ。

召喚魔術の入門講座や召喚獣の貸し出しサービスは、冒険者の間で大好評。

貴族の庭園を利用する冒険者の数は、この一年で二倍以上に膨れ上がった。

今の成長率を維持すれば、半年後の昇級審査で、Ｂ級ギルドへの昇格は確実だと言われている。

しっかりと成果はあげた。

大きなミスもしていない。

それなのに、どうしてクビにされないといけないのか。

「理由？　そんなこと、敢《あ》えて説明するまでもないだろう。――アルトが農民の生まれだからだ」

「……え？」

お腹の底から、空気の抜けた声が出た。

「お前みたく召喚魔術しか能のない農民が、国家公務員たるギルドの職員として、私のような素晴らしい貴族と肩を並べて働くことができたのだ。むしろ、一年も籍を置いてもらえたことを感謝してほしいぞ」

デズモンドの主張に理屈や道理はなかった。

彼はただただ、農民生まれの俺が気に食わないのだ。

「しかし……くくっ、残念だったなぁ、アルト？ もうすぐこの嫌なギルドから、おさらばできると思ったのに……まさか転属間近でクビにされ、路頭に迷う羽目になるとはなぁ！ ふふふっ、はーはっはっはっはっ！」

「……っ」

デズモンドは、どこまでも性根の腐り切った奴《やつ》だった。

たっぷりと一年間、俺をいじめ抜いたうえ、配置換え間際のこのタイミングを狙い澄まして、クビを突き付けてきたのだ。

（くそ、くそ、くそ……くそ……ッ）

腹が立った。

悔しかった。

だけど、その気持ちをここでぶちまけるわけにはいかない。

こんなところで暴れたって、母さんに迷惑を掛けるだけだ。

俺は固く拳を握り締め、執務室の出口へ足を向ける。

「おいおい、アルト。一年も世話してやったというのに、挨拶もなしに出ていくつもりか？」

「……ありがとう、ございました……っ」

屈辱的な思いを噛《か》み締めながら、デズモンドに小さく頭を下げ――冒険者ギルド貴族の庭園を後にした。

◆

冒険者ギルドをクビになった俺は、行く当てもなくフラフラと街中を練り歩く。

（……クビになったって知ったら、母さんはがっかりするだろうな……）

やっと楽な生活をさせてあげられると思ったのに、ぬか喜びをさせてしまった。

（とりあえず、早いところ次の職を見つけないと……）

明日の朝には職業安定所へ行って、なんでもいいから仕事を斡旋《あっせん》してもらおう。

ぼんやりそんなことを考えていると――突風に煽《あお》られた新聞紙が、ペシンと顔に張り付いた。

その一面を飾っていたのは、若き三人の冒険者。

無所属かつソロでありながら、歴代最速でB級冒険者に上り詰めた『魔炎《まえん》の剣姫《けんき》』ステラ・グローシア。

B級ギルド『龍《りゅう》の財宝《ざいほう》』所属のB級冒険者、『万優《ばんゆう》の龍騎士《りゅうきし》』レックス・ガードナー。

B級ギルド『翡翠《ひすい》の明星《みょうじょう》』所属のC級冒険者、『表裏《ひょうり》の魔女《まじょ》』ルーン・ファーミ。

冒険者学院に通っていた頃、共に競い合った旧友たちだ。

今はみんな別々のギルドに所属し、それぞれ異なるパーティで活動しているらしい。

「……みんな凄《すご》いなぁ」

新聞の一面を飾るほど有名になるなんて、本当に凄いや。

（それに比べて俺は……）

ただただ苦しいだけ、不毛で無駄な一年を過ごしてしまった。

「……ははっ、いったい何をやっているんだろうな……っ」

自分があまりにも惨めで、どうしようもなく情けなくて、思わず乾いた笑いがこぼれる。

「もしもあの時、みんなと一緒に冒険者の道を進んでいたら……何か違っていたのかな……」

脳裏をよぎるのは、一年前に挙行された冒険者学院の卒業式。

「アルト。なんというか、その……もしよかったら、私とパーティを組まない？」

「なぁアルト、一緒に冒険しようぜ！　俺とお前が手を組めば、最強の冒険者パーティになれる！」

「アルトさん。私とパーティを組んで、魔術の深淵《しんえん》を歩みませんか？」

もしもあの時、みんなと一緒に冒険者の道を選んでいたら……。

「……いや、過去を悔いても仕方がないな」

大きく息を吐き、頭を切り替え、母さんの待つ自宅へ足を向けた。

「ただいま」

古びた木の扉を開けた瞬間、

「「「――アルト！　お誕生日、おめでとう！」」」

パンパンとクラッカーが鳴らされた。

「え……？」

そこにいたのは、晴れやかな笑みを浮かべた母さん。

そして――。

「ステラ、レックス、ルーン⁉　みんな、どうして……⁉」

俺が驚愕《きょうがく》に目を見開いていると、ステラたちは嬉《うれ》しそうに笑った。

「アルト、今日はあなたの誕生日でしょ？　だから、サプライズパーティを企画したの！」

優しく微笑《ほほえ》む彼女は、ステラ・グローシア。

背まで伸びた亜麻色《あまいろ》の髪。身長は百六十センチ。

クルンとした紺碧《こんぺき》の瞳・太陽のように温かい笑顔・ツンと上を向いた大きな胸、百人が百人とも振り返る絶世の美少女だ。

「へへっ、どうだ？　びっくらこいただろ？」

得意げな顔で肩を組んできたのは、レックス・ガードナー。

整えられた濃紺の髪・身長は百六十五センチ・バランスの取れた筋肉、真《ま》っ直《す》ぐな性格をしたとてもいい奴だ。

「アルトさん、お久しぶりですね」

礼儀正しくペコリと頭を下げた少女は、ルーン・ファーミ。

肩口あたりで切り揃《そろ》えられた銀色の髪。身長は百五十八センチほど。

柔らかく可愛《かわい》らしい顔立ち・女性的なふっくらとした体・心優しい性格、みんなに愛される美少女だ。

「よかったわね、アルト。お友達のみんなが、あなたの誕生日に集まってくれたのよ」

いつものエプロンを巻いた母さんは、まるで自分のことのように喜んでいた。

「誕生日……そう言えば、そうだっけか」

あまりにも忙し過ぎて、自分の誕生日すら忘れてしまっていた。

「アルト。これ、私からの誕生日プレゼント。大切に持っていてくれると嬉しいな」

ステラはそう言って、ネックレスをくれた。

シンプルな銀のチェーン。ペンダントトップには、淡いピンク色の結晶がついている。

すると――俺よりも先に、レックスとルーンが声をあげた。

「ほぉー、こりゃ珍しい！ 『姫巫女《ひめみこ》の結晶』じゃねぇか！ 最近えらく熱心に巫術《ふじゅつ》山脈へ通っていると思ったら、その激レアアイテムを狙っていたんだな！」

「そ、それ……『安全祈願の石』として有名ですが、一部界隈《かいわい》では『恋の石』と呼ばれているものですよね……？ やっぱりステラさん、アルトさんのことが……っ」

「う、うるさいなぁ、もう！」

ステラは何故《なぜ》か顔を真っ赤にしながら、シャーッと威嚇してみせた。

「これが姫巫女の結晶……」

巫術山脈の山頂付近で、極々稀《ごくごくまれ》に発見される、とても希少な鉱石。

この結晶を身に着けた冒険者は、聖なる姫巫女の祈りに守られ、必ず無事に帰ってくると言われている。

「あ、アルト、別にそんな深い意味はないのよ？ それに、なんというかその……嫌だったら、捨てちゃっても構わないわ……」

ステラは不安げな表情で、ポツリポツリと言葉を紡ぐ。

俺が姫巫女の結晶に魅入《みい》っていたせいで、いらぬ心配をさせてしまったようだ。

「ありがとう、ステラ。このネックレス、一生大事にさせてもらうよ」

「い、一生……⁉　そ、そっか。えへへ……どういたしまして」

彼女は美しい髪を指でいじりながら、とても嬉しそうに微笑んだ。

「さて、そんじゃ俺からはこいつだ！」

レックスのプレゼントは、八色金剛《はっしょくこんごう》を精錬した立派な太刀《たち》。

「アルトさん、こちらをどうぞ」

ルーンからは、彼女の得意な反魔法が編み込まれた手編みのローブをもらった。

「みんな、ありがとう。本当に嬉しいよ」

ボロボロに荒《すさ》み切った心に、みんなの優しさが沁《し》み渡る。

それから俺たちは、母さんの作ってくれた御馳走《ごちそう》に舌鼓を打ちながら、いろいろな雑談に花を咲かせた。

冒険者学院に通っていた頃は、毎日こうやってワイワイと騒いでいたっけか。

「あっそうだ、レックス！　あなたこの前、私の獲物を横取りしたでしょ⁉」

「はっはっはっ、そんなこともあったか！　まぁ気にすんな！」

「ふふっ。私たち最近、よくダンジョンで会いますよね」

ステラたちの話は、必然的に『冒険』のことに偏った。

俺の知らない冒険者の世界。

なんだかそれが、とても眩《まぶ》しく見えた。

「──ねぇアルト、あなたは最近どう？　確か『貴族の庭園』ってギルドで働いているのよね？」

「お前のことだ。どうせまた、なんか凄《すげ》ぇことやってんだろ？」

「アルトさんのお話、ぜひ聞かせてほしいです！」

ステラ・レックス・ルーンは、目をキラキラと輝かせながら、興味津々といった風に聞いてくる。

「あ、あー……。それなんだけど……なんというか、その……ギルド、クビになっちゃった」

どうやったって、隠し通せる話じゃない。

俺は苦笑いを浮かべながら、正直に打ち明けることにした。

「えっ、どうして!?」

「アルトがクビって、どういうことだ？」

「に、にわかには信じられません……」

「えーっと……最近はギルドの財政事情も苦しくてさ。人員整理の対象になっちゃったんだ」

ギルド長から酷いパワハラを受け、追い出されてしまった。

さすがにこれをそのまま伝えるわけにはいかなかった。

ここには母さんもいるし、それに何より、俺にだってプライドがある。こんな情けない話、友達には知られたくない。

「そっか……。でも、アルトをクビにするだなんて、よっぽど無能なギルド長なんでしょうね」

「だな。あんまりこういうことは言いたくねぇが、大馬鹿野郎だ」

「アルトさんの価値がわからないなんて……。そのギルド長さんは、冒険者学院からやり直すべきですね」

三人は「理解できない」といった風に憤《いきどお》る。

お世辞や気休めだろうけど、そう言ってくれるだけで、ちょっと心が軽くなった。

この世界には、自分を評価してくれる人がいる。

そう思うだけで、なんだか許されたような感じがしたのだ。

（……ステラ・レックス・ルーン、今日は本当にありがとう）

みんなのおかげで、明日からも頑張っていけそうだ。

俺が温かい気持ちでいっぱいになっていると、

「ね、ねぇ、アルト……。今度こそ、私と一緒にパーティを組まない？」

「そんじゃアルト、俺んとこのパーティに来いよ！」

「アルトさん、どうかうちのパーティに入っていただけませんか？」

「……え？」

いったいどういうわけか、三人から同時に勧誘されてしまった。

「ちょっと……？」

「あぁ……？」

「むむ……っ」

ステラ・レックス・ルーンは、敵意を剝《む》き出しにしながら、鋭い視線を飛ばし合う。

「私がこの一年、どうして『無所属のソロ』に拘《こだわ》っていたのか、まさか知らないわけじゃないわよね？」

「俺がこの一年、死に物狂いで鍛えた理由、当然わかってんよな？」

「私がこの一年、必死に魔術の修練に励んだのは何故か、もちろんご存じですよね？」

三人は一触即発の空気を漂わせた。

「あのさ、気持ちは嬉しいんだけど……。俺はみんなとパーティを組めないぞ？」

「ど、どうして⁉」

「おいおい、なんでだよ⁉」

「まさか、先約が……⁉」

ステラたちは食い気味に問い掛けてくる。

「いや、別に先約とかじゃないんだけど……。俺はもう一年近く実戦から離れている。みんなとパーティを組んでも、足を引っ張っちゃうだけだ。というかそもそもの話、冒険者になるかどうかもまだ決めてない」

「あれだけの力があるんだから、アルトは冒険者になるべきよ！」

「あぁ、ステラの言う通りだぜ！」

「まったくもって、同意見です！」

三人は息を荒くしながら、同じことを口にする。

「いや、そう言われてもな……」

俺が苦笑しながら頬を掻《か》いていると、ステラ・レックス・ルーンは、「誰がアルトをパーティに入れるか」という争いを始めてしまった。

その直後、

「――アルト、ギルドの職員をクビになったの？」

少し驚いた様子の母さんが、声を掛けてきた。

「……うん、ごめん。でも大丈夫、明日にはすぐ職業安定所へ――」

「いい機会じゃない。お友達もこう言ってくれていることだし、冒険者になったら？」

「え？」

「ほら。あんた昔から、『最強の冒険者になりたい』って言ってたでしょ？　アルトはまだ十五歳、夢を諦めるには早過ぎるわ」

「いや、でも……冒険者は危険な職業だし、何よりも給金が不安定で、福利厚生も――」

「お金だとか福利厚生だとか、あんたはおっさんか！」

彼女は俺の背中をバシンと叩《たた》いた後、どこか悲しそうに笑う。

「……私のことを考えてくれるのは、とっても嬉しいんだけどね……。一度っきりの人生なんだから、もっと自分の好きなように、自由に生きたらいいんだよ」

確か卒業式の日にも、同じようなことを言われたっけか……。

「さぁ、男ならシャキッと答えな！　お友達と一緒に冒険者になるのか、それとも別の仕事を探すのか――アルトはどっちがいいんだい⁉」

母さんはそう言って、真っ直ぐこちらの目を覗《のぞ》き込んだ。

「俺は……冒険者になりたい……」

「なんだって？　声が小さくて聞こえないよ？」

「俺は、冒険者になりたい！」

「あぁ、そうかい！　頑張りな！」

彼女は満面の笑みを浮かべ、再び背中をバシンと叩いてくれた。

「母さん、ありがとう」

俺が冒険者になる意思を固めた頃、ステラたちの争いは佳境を迎えていた。

「「「最初はぐっちー、じゃんけんぽい！」」」

「「「あいこで、しょ！」」」

「「「あいこで、しょっ！」」」

その結果、

「や、やった……！」

ステラのチョキが燦然《さんぜん》と輝き、

「う、ぐ……っ」

「そん、な……」

レックスとルーンは手を開いたまま、がっくりと膝を突いた。

「アルト、パーティを組みましょう！　私とあなたなら、どこまでも行けるわ！」

「あぁ、よろしく頼む」

「……ほ、ほんとにいいの？」

「もちろんだ。ステラが嫌じゃなければ、一緒にパーティを組もう」

「～っ。いやったー！　ありがとう、アルト！　これからもよろしくね！」

彼女は瞳の奥を輝かせながら、全身で喜びを表現する。

「ステラちゃん、いろいろと気の回らない息子ですが、どうかよろしくお願いします」

「い、いえ、そんな……！　こちらこそ、不束者《ふつつかもの》ですが、どうぞよろしくお願いします」

母さんとステラは、ペコペコと挨拶を交わす。

「……なんか、結納《ゆいのう》でも交わすみたいだな」

「……ですね」

レックスとルーンは、そんな光景をジト目で見つめた。

「ゆ、結納って……ッ」

「ちょっと、何を言っているのよ⁉」

俺とステラは顔を赤くしながら、二人をキッと睨《にら》み付ける。

「ふふっ。ステラちゃんみたいに可愛い子だったら、おばさんはいつでも大歓迎よ？」

「か、母さん、ステラに失礼だろ！」

「あら、本人は嫌がってなさそうだけど……？」

「え？」

ステラの方に目を向けると、

「い、いつでも大歓迎ということはつまり……『親公認』⁉　いやでも、私とアルトは未成年だし……結婚とか、男女の、そ、そういうことは、もっと大人になってからの方が……～ッ」

彼女は両手で頬を押さえながら、目をグルグルと回していた。

どうやら、混乱の極致にあるみたいだ。

「おーい、ステラ……？　さっきのは母さんの悪い冗談だから、真に受けないでくれ」

「冗、談……？　あっ……そ、そうよね！　知ってた！　ちゃんと理解しているから大丈夫！

うん、大丈、夫……っ」

「……？」

何故かがっくりと肩を落とす彼女をよそに、レックスがパンパンと手を打ち鳴らす。

「さぁてそんじゃ、アルトの誕生日とアルト・ステラの新パーティ結成を祝して――乾杯！」

「「「乾杯！」」」

✦

楽しかった誕生日パーティも終わり、時刻は二十三時。

俺とレックスは、ステラとルーンを家まで送り届けることにした。

実家《うち》は相当な田舎にあるため、みんなの住む都までかなり歩かなければならない。

ワイバーンなどの飛行能力を持つ召喚獣を呼び出せば、一瞬で飛んで帰ることもできるのだけれど……。

「こうして四人が集まったの、一年ぶりだぜ？　まだまだ話し足りねぇって！」

レックスがそう言い、ステラとルーンもそれに同意したため、歩いて帰ることになったのだ。

俺たちは無人の草原を進みながら、いろいろな雑談に花を咲かせ――しばらくしたところで、
レックスがとある提案を口にする。

「なぁアルト、久しぶりに摸擬戦をやらないか？」

「え、えー……っ」

一年間、冒険者ギルドで書類と向き合っていた俺。

一年間、みっちりと修業を積んだレックス。

とてもじゃないが、まともな勝負になるとは思えない。

「アルトとレックスの摸擬戦……なんだか学院時代を思い出すわね！」

「アルトさんの召喚魔法、一年ぶりに見てみたいです！」

ステラとルーンは、ノリノリでそう言った。

なんだかもう、断れる空気じゃない。

「はぁ……わかったよ。その代わり、お手柔らかに頼むぞ？」

俺が承諾すると、レックスは好戦的な笑みを浮かべつつ、適度に間合いを取った。

「ゼロ勝百八十六敗――なぁ、この数字がなんだかわかるか？」

「もしかして……俺とレックスの対戦成績、か？」

「おぅよ。冒険者学院での三年間、お前にだけは一度も勝てなかった。その雪辱、今ここで晴らさせてもらうぜ！」

宣言と同時、レックスの纏《まと》う空気がガラリと変わる。

さっきまでの軽薄な態度は立ち消え、今はまるで抜き身の刃《やいば》のようだ。

「一年のブランクがあるとこ悪《わり》ぃが……全力で行くぞ？」

彼は呼吸を整え、背中に差した一振りを引き抜く。

聖霊降剣《せいれいごうけん》ディアス、『龍の末裔《まつえい》』ガードナー家に受け継がれし伝説の宝剣だ。

「やっちゃえ、アルトー！」

「アルトさん、頑張ってください！」

ステラとルーンが声援を送ってくれる中、レックスは懐から銀のコインを取り出す。

「アルト。開始の合図は、いつものでいいな？」

「あぁ」

「うし、決まりだ」

俺が頷《うなず》くと同時、レックスはコインを親指に載せ、上方へピンと弾く。

それは高速で回転しながら、互いの中間地点を舞い――地面に落ちた。

「天龍《てんりゅう》　憑依《ひょうい》・水龍《すいりゅう》ゼルドネラ！」

レックスの全身を膨大な水の魔力が覆う。

天龍憑依――天上に住む龍をその身に降ろし、絶大な力を借り受けるという、ガードナー家の秘術だ。

「うぉらあああああああ……！」

雄々しい叫び声をあげながら、凄《すさ》まじい速度で迫るレックス。

それに対して俺は、『龍』と『鬼』の手印《しゅいん》を結ぶ。

「――雷龍《らいりゅう》リンガ。炎鬼《えんき》オルグ」

次の瞬間、俺とレックスを別《わか》つように迅雷が降り注ぎ、灼熱《しゃくねつ》のマグマが噴き上がる。

「詠唱破棄の二重召喚……っ」

レックスはたまらずバックステップを踏み、大きく距離を取った。

「リンガ、オルグ、久しぶり」

「ほう、アルトの小僧か」

雷龍リンガは、雲雷山《うんらいざん》の主上。

叡智《えいち》に満ちた碧眼《へきがん》・蒼雷《そうらい》の走る立派な髭《ひげ》・中空に浮かぶ荘厳な体軀《たいく》は全長百メートルを優に超える。

「アルト、一年《ひととせ》ブリダナ」

炎鬼オルグは、下々炎獄《かかえんごく》を統《す》べる鬼の首領《しゅりょう》。

逆巻く臙脂《えんじ》の髪・身の丈三メートルを超える巨軀《きょく》・隆起《りゅうき》した筋肉、生物としての密度が途轍《とてつ》もなく高い。

体表を蠢《うごめ》く灼熱の劫火《ごうか》は万物を焼き払い、巨大な棍棒《こんぼう》は万象を叩き潰す。

「いきなりで悪いんだけど、二人の力を貸してくれてないか？」

「無論だ」

「ヨカロウ」

轟雷《ごうらい》が鳴り響き、凄まじい熱波が吹き荒れる。

「高位精霊に上級悪魔、か。相変わらず、召喚の規模が違《ちげ》えな……っ」

レックスが息を吞《の》む中、俺は軽い挨拶を放つ。

「リンガ、雷哮灰塵《らいこうかいじん》。オルグ、炎炎陀羅尼《えんえんだらに》」

「承知した」

「任セロ」

リンガは大きく口を開き、莫大《ばくだい》な雷を充塡《じゅうてん》。

オルグは両腕を広げ、灼熱の炎を展開。

「おいおい、いきなりか……!?」

超高密度の雷撃と百八の大炎塊が、レックスに向かって殺到。

刹那、耳をつんざく轟音が鳴り響き、強烈な衝撃波が無人の草原を吹き抜け、辺り一帯が焦土と化した。

「う、わぁ……。一年ぶりに見たけど、とんでもない破壊力ね……」

「れ、レックスさーん？　生きてますかぁ……？」

ステラが顔を青く染め、ルーンが安否確認の声を掛けた。

（こんなので終わってくれたら、楽なんだけどなぁ……）

残念ながら、レックスはそんなに柔《やわ》な男じゃない。

直後――前方から突風が吹き荒れ、額から血を流す彼が姿を現した。

「は、はぁはぁ……。お前はマジで容赦ねぇな……っ。並の冒険者なら、今ので消し炭だぜ？」

「水龍ゼルドネラの水秘鏡《すいひきょう》で防御したのか……。さすがはレックス、『万優の龍騎士』だな」

「はっ。お前に『万優』なんて言われても、嫌味にしか聞こえねぇ、……よッ！」

言うが早いか、水龍の力を宿した彼は、凄まじい速度で駆け出した。

（この距離を一足で詰めてくるなんて……。冒険者学院の頃より、さらに速くなっているな）

（アルトみてぇな超一流の召喚士に、遠距離戦を挑むのは自殺行為だ。召喚士の弱点は、『超接近戦』……！）

互いの視線が交錯。

先手を打ったのは、十分な加速を付けたレックスだ。

「龍技《りゆうぎ》・霞断《かすみだち》ッ！」

聖霊降剣ディアスが、鋭い風切り音と共に迫る。

この距離この速度じゃ、召喚獣は間に合わない。

「武装召喚・王鍵《おうけん》シグルド、殲剣《せんけん》ロードス」

俺は二本の剣を召喚し、迫り来る斬撃を打ち払う。

「く、そ……召喚士のお前が、なんでこの速度に付いて来れんだって、のッ！」

「あはは、けっこうギリギリだよ」

「抜かせ！　この間合《レンジ》いに持ち込まれたら、普通の召喚士は即終わりなんだよ！」

その後、一合二合と剣を重ねるたび、レックスの体にのみ生傷が増えていく。

（……ちょっとやりづらいな）

雷龍リンガと炎鬼オルグの後方支援があるため、互角以上に立ち回れているのだが……決め手に欠けるのが現状だ。

（ここまでピタ付きされたら、リンガとオルグは大きく動かせないし、何より手印が結べない……。レックスの召喚士対策は完璧だな）

（畜生、接近戦でも押し切れねぇ……っ。それどころか、一瞬でも気を抜いたら逆にやられちまう。近接もいける召喚士とか、反則だろ……！）

火花と硬音を散らし、激しい剣戟《けんげき》を奏でる中、俺は思考を巡らせていく。

（こっちの手札は、リンガ・オルグ・王鍵・殲剣の四枚。ちょっと心許ないけど、『要は使いよう』かな）

俺は殲剣ロードスを解放し、漆黒の闇を広域に展開。

「黒《くろ》の型《かた》・弐《に》ノ太刀――闇影斬《あんえいざん》」

横薙《な》ぎの一閃《いっせん》、数多の黒い斬撃が吹き荒ぶ。

「ぐっ……!?」

圧倒的な物量に押されたレックスは、大きく後ろへ押し流されていく。

これでようやく間合いを取ることができた。

「――王鍵・開錠」

王鍵シグルドを大地に突き立て、『王律』に指を掛けようとした瞬間、

「それだけはさせねぇ……！」

血相を変えたレックスが、闇の斬撃をその身に受けながら突っ込んできた。

「っ!?」

俺は仕方なく王鍵を引き抜き、眼前に迫る一撃を防ぐ。

「おいおい、随分と無茶をするな」

「馬鹿野郎、そう易々と『必殺』を許すわけねぇだろう、がッ！」

彼は凶暴な笑みを浮かべながら、苛烈な攻撃を休みなく繰り出す。

（……参ったな）

召喚士の一番の強みは、多種多様な召喚による変幻自在の攻撃。

しかしレックスは、こちらの召喚獣や武器の能力をほとんど全て知っている。

これでは手札を公開したまま、ポーカーをやっているようなものだ。

（さて、どうしたものか……）

この先の詰め筋を模索していると、

「うっし、いい感じに温まってきたぜ……！　――天龍憑依・龍王バルトラ！」

レックスの全身から、莫大な魔力が解き放たれた。

「……凄いな。あのバルトラを降《お》ろせるようになったのか」

「おうよ！　つってもまだ、『三分間』って制限付きだけどな！」

彼はニッと笑い、三本の指を立ててみせた。

「……それ、バラしたらマズいんじゃないのか？」

「俺はアルトの召喚獣や武器の能力を熟知してんだ。こっちだけ手を伏せたまま、ってわけにはいかねぇだろ？　イーブンに行こうぜ！」

「そういう馬鹿真面目なところ、昔から本当に変わらないな」

「へっ、褒め言葉として受け取っとくよ。――そんじゃまっ、時間もねぇから……行くぜ？」

「ああ、来い！」

首肯《しゅこう》の直後、俺は驚愕に目を見開く。

「速い⁉」

眼前には天高く剣を振りかぶったレックス。

「龍技・天限斬《てんげんざん》ッ！」

「——武装召喚・ケルビムの盾！」

大上段からの斬り落としに対し、巨大な盾を召喚。

しかし、

「龍王の一撃、舐《な》めんなよ！」

レックスの斬撃は、ケルビムの盾を叩き割ってきた。

「嘘、だろ……⁉」

「ここだ！　龍技・破国槍《はこくそう》ッ！」

煌炎《こうえん》を帯びた鋭い突きが、視界一面を埋め尽くす。

俺は王鍵と殲剣をもって、なんとか迎撃に努めたのだが……。

「……ッ」

体勢を崩された状態からの切り返しは難しく、左脇腹にもらってしまった。

「あのアルトが手傷を……⁉」

「し、信じられません……っ」

ステラとルーンの驚愕に満ちた声が響く。

（幸いにも傷は浅いけど……）

大地を踏み抜く脚力・人間離れした腕力、今のレックスと斬り合うのは、あまり得策じゃなさそうだ。

「まだまだぁあああ！」

俺はそこへ変化球《カウンター》を繰り出す。

怒濤《どとう》の追撃。

「――簡易×増殖召喚・スライム！」

右の踵《かかと》を打ち鳴らし、召喚術式を大地に刻む。

「ぴゃぁ！」

一匹の青いスライムが飛び出し、

「ぴゃぁ！」」

それはすぐさま二匹に分裂、

「「「ぴゃぁあああ！」」」

瞬く間に数千・数万と増殖していった。

これらは全て、増殖術式によって増やされた偽物。

本体は今、俺の右肩にちょこんと載っている。

「ぐっ、次から次へと……ッ」

無限に増え続けるスライムに呑まれ、レックスの動きが止まった。

(よし、いいぞ)

俺はバックステップを踏み、大きく間合いを取りつつ、後方にそびえる大岩へ身を隠す。

(リンガとオルグの大技で削りを入れて、その間に近接特化の召喚獣を呼び出す……！)

そんな俺の戦略プランは、瞬《まばた》きのうちに崩れ去った。

「――龍技・紅蓮閃《ぐれんせん》！」

大出力の煌焔《こうえん》が吹き荒れ、数万のスライムが一撃でやられてしまった。

「増殖召喚で茶を濁した後は、遮蔽物へ身を隠す——だろ？」

こちらの動きを先読みしたレックスは、既に俺の目と鼻の先——『必殺の間合い』に踏み込んでいた。

「やるな」

「へっ。アルトの行動パターンは、死ぬほど研究したからな！」

聖霊降剣ディアスの刀身に、龍王の焔《ほむら》が燃え盛る。

「俺の勝ちだ！　秘奥龍技《ひおうりゅうぎ》・龍王斬ッ！」

莫大な魔力の込められた剣が、容赦なく振り下ろされる。

（やっぱりレックスは強い）

圧倒的な膂力《りょりょく》・冷静な判断力・鋭い洞察力、どこを取っても隙がない。

だけど一つだけ、忘れていることがある。

「——俺だって、レックスのことはよく知っているんだぞ？」

一年間の冒険者生活を経て、さらに強くなった彼ならば、きっと俺の思考と動きを先読みし、この間合いまで詰めてくるだろう。

そこまで読んだ俺は、右目に召喚しておいた、虚烏《うつろがらす》の魔眼を解き放つ。

「瞳術《どうじゅつ》・無限縛鎖《むげんばくさ》」

「しまっ……!?」

レックスはすぐに両目を閉じたが——遅い。

「あー……くそ、やられた……っ」

瞳術・無限縛鎖によって、精神の檻《おり》に囚《とら》われたレックスは、そのままバタリと倒れ伏す。

「レックス、戦闘不能！」

「よって勝者は——アルトさんです！」

ステラとルーンが高らかに勝敗を宣言。

「ふー……疲れた」

こうして俺は、『万優の龍騎士』レックス・ガードナーに勝利したのだった。

✦

「——おーい。レックス、大丈夫か？」

「起きろ、レックス。もうアルトの瞳術は解けたぞ？」

「レックスさん、起きてください」

俺・ステラ・ルーンの三人は、昏睡《こんすい》状態のレックスに声を掛ける。

「ん、ぁ……」

ゆっくりと目を覚ました彼は、寝ぼけ眼《まなこ》のまま上体を起こし、キョロキョロと周囲を見回す。

「……あり？　もしかして俺……負けた？」

瞳術・無限縛鎖を受けたことで、戦闘前後の記憶が少し曖昧になっているようだ。

「ええ、完敗だったわよ」

「ほとんど手も足も出ませんでしたねー」

ステラとルーンの容赦ないコメントを受け、レックスは仰向けにバタリと倒れる。

「これでゼロ勝百八十七敗……。あーくそ、やっぱ無茶苦茶強《つえ》ぇな……っ」

満天の星空を見上げながら、彼は心底悔しそうに呟《つぶや》いた。

「しかし、あのレックスをここまで圧倒するなんて……さすがはアルトね」

「アルトさん、本当に一年ぶりの戦闘なんですか？　なんだか昔よりも、速くなっていたような気がするんですけど……」

「一応、最低限のトレーニングはしていたからな。きっとそのお陰だ」

そんなこんなを話しながら、しばらく歩き続け——王都に到着。

「アルト、わざわざ送ってくれてありがとうね。おやすみなさい」

「んじゃな、アルト！　これからは同じ冒険者、またどっかで会おうぜ！」

「アルトさん、おやすみなさい」

みんなと別れた後、

「さて、と……俺も帰るか。——おいで、ワイバーン」

『鳥』の印を結び、ワイバーンを召喚する。

「ギャルルルルー！」

「おぉ、よしよし。こんな時間に悪いんだけど、俺の家まで乗せて行ってくれないか？」

「ギャル！」

俺はワイバーンの背中に乗って空を飛び、母さんの待つ家に帰るのだった。

✦

翌日――俺は再び、王都へ足を運んでいた。

「っと、ここだな」

梟《ふくろう》公園の中央部、時計塔広場に到着。

ステラ曰《いわ》く、この場所は待ち合わせの定番スポットらしい。

「よっこいしょっと」

近くのベンチに腰掛け、背後の時計塔を見上げる。

時刻は朝の九時三十分。

約束の十時までは、まだけっこう余裕がある。

（んーっ。それにしても、今日はいい天気だなぁ……）

気持ちよく日向《ひなた》ぼっこをしながら、ほのぼのと待つこと十五分。

「あ、アルトー！」

遠くの方から、ステラの声が聞こえてきた。

「はぁはぁ……ごめんなさい、待たせちゃった？」

「いいや、俺も今来たところだ。というかそもそも、まだ十時にもなってないしな」

「そっか、よかった」

ステラはホッと安堵《あんど》の息を吐いた後、

「ところでその……ど、どうかな……？」

右手で美しい茶色の毛先をいじり、左手でスカートの端を摘まみながら、コテンと小首を傾《かし》げる。

少しばかり緊張しているのか、その頬はほんのりと赤くなっていた。

「どうって……あぁ、なるほど」

質問の意図を察した俺は、彼女の全身をジッと観察していく。

「ほっそりとしつつも引き締まった筋肉・相手に重心を悟らせない立ち姿・そして何より——研ぎ澄まされた大魔力。さすがはステラ、この一年でさらに強くなったみたいだな！」

「…………ありがと」

彼女は何故かがっくりと肩を落とし、どこか空虚な謝意を述べた。

「あ、あれ……？　ごめん、なんか変なことを言ったか？」

「はぁ……まぁいいわ。昔からアルトは、こういうことに鈍感だからね。——さっ、『本部』へ行きましょう」

なんだかよくわからないけど、ステラが「いい」というのならば、あまり深く考えなくてもいいだろう。

それから俺たちは、冒険者ギルドの本部へ足を向けた。

今日は俺の『冒険者登録試験の受験手続』をする予定なのだ。

本部までの道中、せっかくなので、これまでずっと気になっていたことを聞いてみた。

「そう言えば……どうしてステラは、『無所属のソロ』で活動していたんだ？」

レックスはB級ギルド『龍の財宝』、ルーンはB級ギルド『翡翠の明星』に所属し、同じギルドの冒険者たちとパーティを組んでいる。

ギルドに所属し、パーティを組む。これにはたくさんの利点がある。

単純に戦力が増えることで、クエスト中の安全性が上がる。

個人受注不可の高難易度のクエストに挑戦できる。

○×ギルド所属という肩書により、社会的信用が確立される。

パッと思い付くだけでも、これだけのメリットがあるのだけれど……。

どういうわけかこの一年、ステラは無所属のソロで活動し続けた。

何か深い理由でもあるのだろうか？

「それはもちろん、アルトを迎え入れた時に――」

「俺を迎え入れた時に……？」

「な、なんでもないわ……っ。今のは忘れてちょうだい！（あ、危なかったー……。もしも私がパーティを組んでいたら、いつかアルトを迎え入れた時に、彼が疎外感を覚えちゃうだろうなと思って、ずっと独り身で居続けたなんて……。我ながら重い、重過ぎる……っ。こんなこと、間違っても本人には言えない……！）」

そんな話をしているうちに、冒険者ギルドの本部前に到着。

その軒先にはえらく存在感を放つ看板が立てられており、達筆の太文字で『大総会』と記されていた。

「げっ……。そう言えば今日、大総会の日だったわ……」

ステラは露骨に嫌な顔をしながら、一歩後ずさる。

「大総会……？」

「冒険者ギルドの本部では四半期に一度、大口の後援者《スポンサー》を集めて、ダンジョン攻略の進捗を報告するの。それが大総会よ」

「へぇ、本部ではそういう催しがあるのか」

地方の下っ端ギルド職員であった俺には、まったく縁《えん》も馴染《なじ》みのないものだ。

「大総会に出席するのは、大貴族や豪商なんかの超が付くほどの有力者。この人たちに目を付けられたら最後、とっっっても面倒なことになるの。間違いなく、今後の冒険者活動にも支障をきたしてくる。だから、絶対に騒ぎを起こさないようにね？」

「わ、わかった。気を付けるよ」

俺はけっこうな緊張感を抱きつつ、本部の扉をゆっくりと開けた。

するとそこには——ごく一般的な冒険者ギルドでの風景が広がっていた。

クエストボードを見つめる冒険者・作戦会議に励むパーティ・商談中と思《おぼ》しき商人、貴族の庭園と大して変わらない。

「大総会って割には……なんか普通だな」

「さっき言った有力者たちは、今頃多分、上の階でよろしくやっているんでしょうね。さっ、今がチャンスよ。早いところ、受験手続きを済ませちゃいましょう」

「あぁ、そうだな」

俺とステラが受付の方へ足を延ばすと、

「——おや？　おやおやおやぁ？　これはこれは、愛《いと》しのステラちゃんじゃないか！」

ギルド内に併設された酒場から、いかにも軽薄そうな男がやってきた。

（あれ……。この人、どこかで見たことが……？）

俺が記憶の戸棚を漁《あさ》っていると、ステラが大きなため息をつく。

「はぁ……。またあなたなの……パウエル」

その名前を聞いて、ピンと来た。

パウエル・ローマコット。

現在売り出し中の『B級冒険者』で、何度か新聞で見たことがある。

金色の長髪を後方で束ねた美男子。

身長は百八十センチほどで、年齢はおそらく二十歳前後。

途轍もない魔力量を誇り、確か最近、有名な冒険者パーティに加入したと話題になっていたっけか。

（というか、凄いにおいだな……っ）

まだお昼にもなっていないというのに、パウエルさんはかなりお酒臭かった。

顔なんか耳まで真っ赤になっているし、これは相当呑んでいるに違いない。

「ステラちゃん、ステラちゃん！　寂しいソロなんか卒業して、うちのパーティへ来いよ！　俺と一緒に組もうぜ！　うちのリーダーはちょいとおっかねぇが……まぁ悪い奴じゃねぇ！　楽しくやれる！」

「何度も言っていますが、その件についてはお断りします。それから……私はこちらのアルトとパーティを組むことにしたので、もう誘ってこないでください」

ステラはそう言って、小さくペコリと頭を下げた。

「んなっ⁉　おいおい、それはないだろう⁉　この俺が――新進気鋭のB級冒険者パウエル・ローマコット様が、わざわざ直々に誘ってやっているのに……っ。こんな覇気の糞《くそ》もねぇうえ、大した魔力も感じられねぇヘッポコと組む⁉　そんなもんお前、正気の沙汰じゃねぇぞ！」

「あ、あはは……」

ボロッカスに言われた俺は、苦笑いを浮かべつつ、がっくりと肩を落とす。

（確かにB級冒険者のパウエルさんからすれば、俺なんかそこらの石ころ同然だろうけど……）

冒険者ギルドのド真ん中で、そんなに悪口を言い散らさなくてもいいのに……。

「あ、アルトが、ヘッポコ……？　ふぅー……あのですねぇ、彼はいつも周りに迷惑を掛けないよう、魔力をほとんど――」

見るからに苛立《いらだ》った様子のステラが、声を荒らげ始めたその時、

「――パウエル、いったい何を騒いでいるのだ？　今日は大総会の日だぞ？」

ギルドの奥から、一人の冒険者が姿を見せた。

両肩に藁人形《わらにんぎょう》を載せたその大男は、超が付くほどの有名冒険者。

（す、凄い……！　本物のドワイト・ダンベルさんだ……！）

ドワイト・ダンベル。

剃《そ》り込まれたスキンヘッド。

身長は約二メートル。年齢は多分……五十代半ば。

大きく鋭い瞳・鷲《わし》のような鼻・真っ黒な太い眉、けっこうな強面《こわもて》だ。

立派な白い髭を蓄えた彼は、長年Ｂ級冒険者として活動を続ける、非常に有名な実力派の魔術師である。

「おー、ドワイトさん！　ちょうどいいところに来てくれた！　聞いてくれよ！　このどっからどう見てもポンコツの鼻垂れ小僧が、愛しのステラちゃんを盗《と》っちまったんだ！　こんなの、ひでぇよなぁ!?」

泥酔したパウエルさんは、俺の頭を軽くペシペシと叩く。

「はぁ、まったくお前という奴は……」

ドワイトさんは呆《あき》れたようにツルツルの頭を掻き、こちらに目を向けた。

「少年。うちのパーティの者が申し訳ない。後で厳しく叱りつけておくゆ、え……ッ」

言葉の途中、彼は何故かギョッと目を見開き、凄まじい速度で『人』の手印を結んだ。

「――傀儡人術《かいらいじんじゅつ》・贄《にえ》！」

刹那《せつな》、俺の隣にいたはずのパウエルさんは、いつの間にかドワイトさんの隣へ移動。

その代わり、俺の右横――先ほどまでパウエルさんの立っていた場所には、ボロボロの藁人形が落ちている。

（これは……予《あらかじ》めマーキングをした二者の座標を入れ替える術かな？）

中々面白い魔術だ。

「お、おいおい……。あの身代わり人形、一体作んのに何か月と掛かんだろ？　なんでこんなとこで無駄打ちしてんだ？」

訝《いぶか》しがるパウエルさんをよそに、ドワイトさんは深々と頭を下げる。

「うちのパーティの者が、大変な無礼を働いてしまった。パウエルはまだまだ半人前の青二才だが、非常に才能豊かな冒険者。どうかこの場は、儂《わし》の顔に免じて見逃してほしい」

「み、『見逃してほしい』って……」

頭を軽くペシペシとされたぐらいで、そんなに怒っていない。

俺がなんとも言えない表情で頬を掻いていると――それをどういう風に受け取ったのか、ドワイトさんは顔を青く染めた。

「パウエル、今すぐあの少年に謝罪しろ……っ」

「はぁ？　なんで――」

「――いいからすぐに謝るんだ！」

「わ、わかったよ……」

ドワイトさんの鬼気迫った顔と緊迫した声色に押され、パウエルさんは渋々といった風に一歩前へ踏み出す。

「その、なんだ……すまなかったな」

彼はまったく納得していない様子で、とても嫌そうに謝ってきた。

「い、いいえ、お気になさらないでください」

俺がその謝罪を受けると同時、ドワイトさんは「感謝する」と言って、パウエルさんの首根っこを掴《つか》み、大急ぎでギルドを後にした。

「……なんだったんだ？」

「まぁ気にしなくていいんじゃない？　そんなことよりもほら、早いところ受験手続を済ませちゃいましょう（ドワイト・ダンベルは、とても優秀な冒険者。多分あの様子だと、『アルトの魔力』を視《み》ちゃったんでしょうね……）」

「あぁ、それもそうだな」

こうして俺とステラは、ギルド本部の受付へ向かうのだった。

◆

「――お疲れさまでした。これで受験手続きは全て完了です。試験当日は、こちらの受験票をお忘れなきよう、ご注意くださいませ」

「ありがとうございました」

テキパキとした受付嬢から、受験票などの必要書類を受け取り、俺はペコリと頭を下げる。

無事に受験手続が終わると同時、上の階がにわかに騒がしくなり――豪奢《ごうしゃ》な服装の人たちが、ぞろぞろと階段を下りてきた。

「なぁステラ、もしかしてあの人たちって……」

「……ええ、冒険者ギルドの後援者《スポンサー》ね。最悪のタイミング……。アルト、絶対に目を合わせちゃ駄目よ。どんな難癖をつけられるか、わかったものじゃないから……！」

「わ、わかった……っ」

俺は言われた通りに、明後日《あさって》の方角に目を向ける。

冒険者ギルドにいる他の人たちも、後援者《スポンサー》の集団から視線を逸《そ》らしていた。

すると――。

「もしかして……アルト殿?」

聞き覚えのある声が、背後から聞こえてきた。

声のした方に目を向けるとそこには、よく見知った顔。

「あっ、アブーラさん」

アブーラ・ウルドさん。

石油産業で財を成した、ウルド一族の当主だ。

俺の始めた召喚獣のレンタルサービスをお気に召し、貴族の庭園をよく利用してくれている。

「おぉ、やはりアルト殿でしたか！　本部にいらっしゃるなんて珍し……はっ⁉　もしやもしや……次の配属先はこちらなんでしょうか?」

「えっ、いや、それは……」

俺が言葉を濁していると、アブーラさんの後ろから、妙齢の貴婦人がヌッと首を伸ばす。

「あらまぁーっ！　C級ギルドから、いきなり本部勤めなんて……。さすがはアルト先生、栄転でございますねぇ！　おめでとうございます！」

こちらの煌《きら》びやかな女性は、シャルティ・トライトさん。

大貴族トライト家の人だ。

「なんと、アルトさんが立身出世とな⁉　いやぁ、こりゃめでたい！　今度うちでパーティでも開きましょうかな！」

そんな提案を口にしたのは、バロック・レメロンさん。

レメロン商店を営む、凄い商人さんだ。

「アルト殿の昇進祝いパーティですか！　それはいいアイデアですな！」

「ぜひ当家も参加させていただきたい！」

貴族の庭園を利用してくれていた人たちが、続々とこちらへ集まってくる。

「あ、アルト……？　この人たちとお知り合いなの？」

「あぁ、うん。貴族の庭園で働いていた頃、とてもよくしてくれたんだ。みんな、凄くいい人たちだよ」

「へ、へー、そうなんだ……っ。（『闇の石油王』アブーラ・ウルド。『鮮血の女貴族』シャルティ・トライト。『無情の大豪商』バロック・レメロン。他にもヤバイことで有名な超大物ばかり……っ。やっぱりというかなんというか……あのアルトが、一年間『普通のギルド職員』でいるわけないわよね……）」

何故か頭を抱えるステラ。

俺が「どうかしたのか？」と声を掛けようとすると、横合いからアブーラさんの満面の笑みが飛び出してきた。

「――アルト殿、あなたの昇進祝いパーティの日取りを決めたいのですが……。今後の御予定は、いかがですかな？」

「あー……いえ、実はその……」

話が進んでいるところ、大変申し訳ないのだが……。

昇進も何も、俺は冒険者ギルドをクビになってしまったのだ。
「はっはっはっ、遠慮は無用ですぞ？　こちらの予定など、これっぽちも気にしないでくださ
れ！　我々はいつも、アルト殿の召喚魔術に助けられておりますからな！　例えばほら、あの
危険なヴェネトーラ油田を掘り当てられたのも、下下炎獄の大軍勢をお貸しいただけたからで
すよ！」
嬉しそうに微笑むアブーラさん。
「うちの可愛い息子を不治の病から救ってくれた、奇跡の大召喚！　あの大恩は、一生忘れま
せん！」
感動に目を潤ませるシャルティさん。
「アルトさんの召喚獣には、何度命を救ってもらったことか……！　全ての予定をキャンセル
してでも、あなたの昇進祝いに馳《は》せ参じますぞ！」
熱く語るバロックさん。
「え、えっと……みなさんのお気持ちは、本当にとても嬉しいのですが……。実は俺、ギルド
の職員をクビになっちゃったんですよ……」
俺が正直に事実を告白したその瞬間、
「「「……は？」」」
水を打ったかのように静まり返った。
まるで時が止まったのではないか、そんな錯覚を覚えるほどの静寂だ。
「あっ、心配しなくても大丈夫ですよ？　お貸しした召喚獣は、レンタル期間中、ずっと使っ

ていただいてけっこうですから」

こちらの都合で、一方的に契約を打ち切るようなことはしない。

人として、そんな不義理を働くわけにはいかない。

「アルト殿がクビって、いったい何があったのですか⁉」

全員を代表して、アブーラさんが問い掛けてきた。

「えっと、あまり詳しいことは話せないのですが……。どうやら、ギルド長に嫌われてしまったみたいです」

さすがに「パワハラを受けて、辞めさせられました」とは言えなかった。

「貴族の庭園のギルド長？　…………あぁ、あのパッとしない男か。確か、デズモンド・テイラーとか言いましたかな？」

「テイラー……？　そういえば確か、そんな名前の下級貴族がいたよう、な……？」

「アラベス区の三等地だか四等地だかを治める、テイラー子爵でしたかな……？　たかだか『子爵』風情が、随分と偉くなったものですなぁ……」

彼らは小さな声で、何事かをひそひそと話し始めた。

「――アルト殿。少し所用を思い出しましたので、失礼いたします」

アブーラさんは小さくペコリとお辞儀をした後、随分と険しい顔をしながら出て行った。

「私も少々大事な用がありましたので、今日のところは失礼を」

「アルトさん、また後程お会いしましょう」

シャルティさんとバロックさん、それから他の人たちも、ズラズラと列を成して本部を後にする。

シンと静まり返ったギルド本部に、

「貴族の庭園……終わったわね」

ステラの呟きが、大きく響くのだった。

✦

C級ギルド『貴族の庭園』のギルド長デズモンド・テイラー。

一日の仕事を終え、自室に腰を落ち着かせた彼は、非常に上機嫌だった。

その理由はもちろん、自身の城に居座る厄介者——アルト・レイスを追い出したからである。

「ようやく、あの『一年もののゴミ』を取り除けた……今日は記念すべき日だ。ふふっ、久しぶりに『開ける』とするか」

デズモンドは鼻歌交じりに地下のワインセラーへ赴《おもむ》き、選《え》りすぐりの一本『ボルドーニュ』を持ち出した。

「そーっと、優しく優しく……」

喜色満面《きしよくまんめん》の彼は、オープナーを使ってゆっくりとコルクを抜き、ワインに刺激を与えないよう優しくグラスへ注ぐ。

「……いい……」

芳醇《ほうじゆん》な香りを楽しんだ後は、軽く空気と混ぜ合わせ、ワインの味がいい具合に開いてきたところで、グラスをスッと口元へ運ぶ。

「あぁ、素晴らしい……。やはりこの年の葡萄《ぶどう》は最高だ」

酩酊感《めいていかん》に気をよくしつつ、机の小皿にサッと手を伸ばす。

「一皿三百ゴルもしない安物のピスタチオ。これが存外、二十五年物のボルドーニュとよく合う」

最高のワインとお気に入りのつまみを堪能し、至福の一時《ひととき》を満喫したデズモンドは、ニヘラと口をだらしなく広げる。

「ぷっ、くくくくく……っ。あの時の……クビにしてやった時の、アルトの情けない顔といったらもう……はーはっはっはっはっ！　最高だ！　何度思い返しても、笑いが堪《こら》えられん！」

ひとしきり蔑《さげす》み嗤《わら》った後、葉巻を揺すりながら、自身の明るい将来に想いを馳せる。

「ふぅー……っ。薄汚い農民を追い出し、我が貴族の庭園はかつての輝きを取り戻した。そして半年後には、夢にまで見た『B級ギルド』へ昇格……！　ふっ、ふふっ、ふははは……っ！　テイラー家の未来は明るいなぁ……！」

まさか明日、自分が絶望のどん底に叩き落とされることになるなど……この時の彼は、想像だにしていなかった。

◆

翌日の正午過ぎ。

デズモンドが決裁書類に判を押していると、部屋の外から慌ただしい足音が聞こえてきた。

「で、で、で……デズモンドさん、大変です……！」

ノックもなしに扉を開け放ったのは、顔を真っ青に染めたギルド職員の男。

「どうしたんだね、ハーグ男爵？　貴族たるもの、いついかなる時でも優雅であらねば――」

「アブーラ・ウルド様、シャルティ・トライト様、バロック・レメロン様がお見えになり、『貴族の庭園との冒険者契約を打ち切りたい』と仰《おっしゃ》っているんです！」

「……は？」

デズモンドの口から出た音は、優雅さの欠片《かけら》もない間抜けな響きだった。

「ど、どどど……どういうことだ⁉　アブーラさんたちとの関係は至って良好だったはず……。ついこの前にも、契約期間の延長を行ったばかりなのに、いったい何があったというのだね⁉」

貴族の庭園は、アブーラ・シャルティ・バロックから、大勢の冒険者を回してもらう契約を結んでおり、それらが全て破棄されたとなれば、ギルドの維持運営に甚大な影響が出てしまう。

「私にも何がなんだかわかりません……。ただ、先方からは尋常ではない『怒り』を感じました。とにかく、すぐに応接室へ来てください！」

「わ、わかった……！」

ハーグに連れられたデズモンドは、応接室の前に移動。

「ふぅー……。失礼します」

コンコンコンとノックし、ゆっくりと扉を開けば――『闇の石油王』アブーラ・ウルド、『鮮血の女貴族』シャルティ・トライト、『無情の大豪商』バロック・レメロン――錚々《そうそう》たる顔ぶれが、来客用のソファにどっかりと座っていた。

「……っ」

裏社会の顔役三名との同時対面、デズモンドの背筋にネバッとした汗が流れる。

「い、いやぁ、本日はお日柄もよく、大変気持ちのよい一日ですなぁ！」

必死に明るい声色を絞り出し、ゆっくりと対面のソファに腰を下ろしたのだが……。

「……」

「……」

「……」

先方の視線はあまりにも冷たい。

重苦しい空気が立ち込める中、口火を切ったのは、アルトと殊更《ことさら》に親交の深いアブーラだ。

「──デズモンド・テイラー殿。アルト・レイスという職員をクビにしたと伺《うかが》ったのですが……。それは真《まこと》の話ですかな？」

ビジネスの場において、空気を温めるために、軽い雑談から始めることは珍しくない。

この話をちょっとした『雑談』と捉えたデズモンドは、

「さ、さすがはアブーラさん、お耳が早い！　ちょうど昨日、アルトという無能な職員をクビにしてやったのですよ！　あの薄汚い農民がいたせいで、我がギルドの品位が損なわれてしまい、大変困っておりましてなぁ。はっはっはっ、本当に辞めさせてよかった！」

これが『地雷』だと気付きもせず、愚かにもベラベラと本音を喋《しゃべ》ってしまった。

するとと次の瞬間、

「この馬鹿が……っ。いったいなんということをしてくれたのだ！」

「……っ」

天を衝《つ》くような激しい怒声が、応接室に響き渡る。

「デズモンド、貴様……アルト殿の召喚魔術がどれほど尊いものか、その足りない脳味噌《みそ》で考えたことはあるのか……えぇ⁉」

普段はニコニコと微笑みを絶やさない『表』のアブーラ。

今はそれが完全にひっくり返り、『裏』の顔が――闇の石油王としての顔が露出していた。

「えっ、いや、その……。……お恥ずかしながら、私、魔術の類は門外漢でして……っ」

これまで冒険者としての修業を積んだことがなく、先代からギルド長の地位を引き継いだデズモンドに、アルトの召喚魔術の価値はわからない。

「私の可愛い息子は、アルト先生が週に一度開いてくださる『召喚魔術の入門講座』を楽しみにしていたのに……っ。いったいどうしてくれるのですか⁉」

恐ろしい剣幕で質問を飛ばすシャルティ。

「た、大変失礼いたしました……っ。それではすぐに、別のもっと優れた召喚士を用意しますので――」

「――あの方より優れた召喚士が、そうそういるわけないでしょう！」

紛糾する応接室。

さすがにこれでは話にならないと判断したバロックが、間《あいだ》を取り持つことにした。

「まぁまぁお二人とも、少し落ち着こうではありませんか。デズモンドさんの言い分も聞いてみましょう」

「デズモンドの言い分……？」

「いったい何故でしょうか……？」

「非常に考えにくいことですが、アルトさんを解雇するに足る『正当な理由』があったのやもしれません。例えばほら、裏では真面目に働いていなかったとか、何かとんでもないミスを犯したとか……？」

アブーラ・シャルティ・バロックから鋭い視線を受けたデズモンドは、すぐに口を開く。

「い、いえ……。アルトは人一倍真面目に仕事をしており、これといったミスもしておりませんが……」

「では何故クビを切ったのだ⁉」

「納得できる理由があるのでしょうね⁉」

「ことと次第によっては、こちらも対応を考えますぞ……？」

激怒するアブーラたちに対し、デズモンドはとっておきの回答を口にする。

「そ、それはもちろん、アルト・レイスが農民の生まれだからです……！」

「「「……っ」」」

僅かな静寂の後、激しい嵐が巻き起こった。

「完全なる不当解雇ではないか！」

「生まれなぞ、然《さ》したる問題ではありません！　そんなことを言うならば、貴方《あなた》なぞ所詮、吹けば飛ぶような『三流子爵』ではありませんか！」

「愚か者め！　いつまで貴族制度に胡坐《あぐら》を掻いているのだ！」

「さ、三流子爵……ッ」

デズモンドは、「三流子爵」という許しがたい誹《そし》りに対し、強い反発を覚えた。

しかし、目の前にいるのは、『五爵』の頂点――『公爵』の地位を冠する、シャルティ・トライト。

同席するアブーラとバロックも、それに勝るとも劣らぬ大物。

「……っ」

純然たる『格上』から発せられた罵声《ばせい》に対し、異議を唱えることができなかった。

「――我らウルドの一門は、今後二度と貴族の庭園を利用せん」

「トライト家は本流・傍流問わずして、テイラー家との縁を断ちます」

「同じく、レメロン商会は金輪際、ここのギルドに品を卸《おろ》さん」

突き付けられた絶縁状に対し、デズモンドの顔が真っ青に染まる。

「そ、そんな……っ。今一度、お考え直しください……！」

恥も外聞捨てて、必死に頼み込むが……。

「アルト殿がいない貴族の庭園《このギルド》に、いったいなんの価値があるというのだ……？」

「アルト先生に誠心誠意の謝罪をし、その許しを得た場合にのみ、再考してあげてもよいでしょう」

「まずはアルトさんに詫《わ》びを入れろ。話はそれからだ」

アブーラたちはそう言って、貴族の庭園を立ち去ってしまった。

僅か三十分と経たぬうちに、大口の契約を全て打ち切られたデズモンドは、幽鬼のような足取りで歩き出す。

「て、テイラーさん、どこへ行かれるのですか？」

「……帰る」

ポツリと一言。

「か、帰るって……この後の仕事は、どうするのですか⁉　大至急、中期成長計画の見直しをしなくては――」

「今日は……もう疲れた……。後のことは、委細《いさい》任せる……」

「デズモンドさん……！」

心神喪失状態のデズモンドは、呼び止める職員の声を無視し、覚束《おぼつか》ない足取りで帰宅した。

「「「――おかえりなさいませ」」」

メイドたちの統率の取れた出迎えに対し、

「……あぁ」

一言だけ、力なく返事。

「今日はとても疲れている。誰も部屋に入れるな」

メイド長にそれだけ言い付け、デズモンドは私室に籠《こも》った。

仕立てのよいスーツを纏った彼は、皺《しわ》になることも厭《いと》わず、そのままベッドにバタリと倒れ込む。

「………く、そ。くそくそくそくそ……っ。あの卑しい農民生まれめ……！　いったいどんな汚い手を使って、アブーラたちを誑《たら》し込んだのだ……！　くそ、くそ、くそがぁあああ……！」

まるで堰《せき》を切ったダムのように、止め処《とど》なく溢《あふ》れ出す怨嗟《えんさ》の言葉。

その醜い叫びに紛れて、部屋の黒電話がジリリリリと鳴り響く。

「うるさい！」

デズモンドは枕元の照明器具を投げ付け、黒電話を黙らせた。

「はぁはぁ……っ。何故だ。どうしてこんなことになってしまったのだ……ッ」

絶望のどん底に沈み、頭を乱暴に掻きむしる。

そんな時、コンコンコンと部屋の扉がノックされた。

「……なんだ？」

「旦那様、ラーゲン様より緊急の連絡が入っております」

扉の奥から聞こえてきたのは、メイド長の平坦《へいたん》な声。

「……ラーゲン殿から？」

連絡の主は、ラーゲン・ツェフツェフ。

デズモンドが持つ、中央政府との大切な『パイプ』だ。

「……ちっ」

相手が相手ゆえ、無視を決め込むわけにはいかない。

仕方なくベッドから這《は》い上がり、扉をガチャリと開けた。

「こちらをどうぞ」

「あぁ」

メイド長から電話の子機を受け取り、ゴホンと一つ咳《せき》払い。

「はい、お電話代わりました。デズモンドで――」

「――デズモンド、お前いったい何をやらかしたのだ⁉」

開口一番、受話器から飛び出してきたのは、鼓膜を震わせる怒鳴り声。

尋常ならざる事態であることは、瞬時にわかった。

「ど、どういう意味でしょうか……？」

「たった今、冒険者ギルドの上層部からお達しがあった！　貴族の庭園をB級ギルドに昇格させるという話が、全て立ち消えになってしまったぞ！」

「そん、な……っ」

アブーラたちの怒りを買った時点で、いずれこうなるであろうことは予期していた。

しかしまさかそれが、今日の今日に来るとは、夢にも思っていなかったのだ。

「アルト・レイス……あの薄汚いドブネズミめ……！　この私が一年も面倒を見てやったというのに、恩を仇《あだ》で返しおって……！」

デズモンドの怒りの矛先は、アルトただ一人に向けられた。

アブーラ・シャルティ・バロックといった格上には逆らわず、自分より下の立場の者にのみ牙を剝く。

これがデズモンド・テイラーという男なのだ。

「アルト・レイス……？　その名前、確かどこかで……？」

「うちで飼っていた農民生まれです……っ！」

「農民生まれ……あぁ、あの少年のことか。そういえば今日、本部で冒険者登録の受験手続をしていたような……？」

「なっ⁉　ラーゲン殿、その者を絶対に冒険者にしてはなりません！　アルトは強き者に媚《こ》びへつらい、その懐に滑り込む天才！　あんな寄生虫を野放しにしては、ギルドの本部が内側から食い荒らされ、ダンジョン攻略どころではなくなってしまいます！」

「……お前がそこまで言うほど危険な男か……わかった。そのアルト・レイスとやらが受験する日には、私の息が掛かった試験官をあてがい、不合格にしておくとしよう」

「あ、ありがとうございます……！」

それからラーゲンと二言三言を交わした後、電話を切ったデズモンドは、邪悪な笑みを浮かべる。

「ふ、はは……ふははは……っ！　残念だったなぁ、アルト！『人を呪わば穴二つ』！　私の輝かしい未来を潰したことを、一生後悔させてくれるわ……！　ふぅははははは……！」

人を呪わば穴二つ。

まさかこの言葉が、自分の元へ降りかかってくることになるとは……この時のデズモンドはまだ、知る由《よし》もなかった。

◆

受験手続から三日が経過し、今日はいよいよ、冒険者登録試験の本番だ。

「……よし、いい感じだ」

昨日はいつもより早く床に就き、しっかりと睡眠を取ったから、体調は完璧。

これなら本番でも、全力を出し切れるだろう。

「それじゃ母さん、行ってくる！」

「あぁ、気を付けるんだよ！」

家を出た後は、ワイバーンを召喚。

「おはよう。王都までお願いしてもいいかな？」

「ギャルル！」

晴れやかな青空を飛び、王都へ向かう。

しばらくの間、気持ちのいい空の旅を続けていると、遠目に大きな王城を捉えた。

「えーっと、梟公園は……っと、あそこか」

「キャルルゥー」

待ち合わせ場所である梟公園の時計広場にふわりと降り立てば、背後から聞き覚えのある声が響いた。

「アルトー！　こっちこっちー！」

振り返るとそこには、ステラがいた。

「ごめん、ステラ。待たせちゃった？」

「ううん、私も今来たばかりよ」

「そっか、それはよかった」

無事に合流できたところで、試験会場である冒険者ギルドの本部へ向かう。

「ステラ、今日はありがとうな」

「えっと、何が……？」

「ほら、わざわざ付いて来てくれたことだよ」

今日は俺が試験を受ける日。

本来、ステラまで一緒に来る必要はなかったのだけれど……。

優しい彼女は、「応援に行くわ！」と言って、本部まで付いて来てくれたのだ。

「もう、そんなこと気にしないでよ。私とアルトの仲でしょ？」

ステラはピンと人差し指を立て、柔らかく微笑む。

ちなみに……本部で待ち合わせをせず、こうして一度別の場所に集まるのには、ちょっとした理由があった。

ステラは歴代最速で、『B級』にまで駆け上がった天才冒険者。

彼女が現在ソロであることは有名な話であり、本部の中でボーッとしていると、他の冒険者からパーティに誘われてしまうらしい。

有名になったら、いろいろと大変なことがあるようだ。

その後、王都の道を右へ左へと進み、冒険者ギルドの本部に到着。

奥の受付で受験票を渡すと、すぐに会場へ案内された。

「アルトなら絶対に大丈夫！　頑張ってね！」

「あぁ、ありがとう」

ステラの心強い応援を背中に感じながら、本部二階の試験会場へ向かう。

会場の扉を開けるとそこには――屈強な『冒険者見習い』たちが、ズラリと立ち並んでいた。

（う、うわぁ……。みんな強そうだなぁ……っ）

冒険者学院を卒業した後、ほぼ全ての卒業生は、どこかのギルドに所属して冒険者見習いとなる。

そこで先輩冒険者の指導を受けながら、少しずつ実戦経験を積んでいき、確かな実力が付いたところで試験を受けるのだ。

ステラ・レックス・ルーンみたく、卒業してすぐに試験を受けて、そのまま一発合格なんてのは、全体から見ればごく一握りの存在である。

（ふぅー……っ。落ち着け、こういう時は、手のひらに『野菜』と書いて食べるんだ）

俺は目立たないよう会場の隅へ移動し、母さんに教えてもらったリラックス法を実践する。

緊張が渦巻く中、待つことおよそ五分。

奥の扉がガチャリと開かれ、試験委員の腕章《わんしょう》を巻いた女性が入ってきた。

彼女は正面の雛壇《ひなだん》に上がり、コホンと小さく咳払い。

「それではこれより、冒険者登録試験を始めたいと思います。その前に一点だけ、連絡事項がございます。――受験番号百七十五番アルト・レイスさんは、この中にいらっしゃいますでしょうか？」

「あっ、はい。自分です」

「アルトさんは、別室での受験になるそうです。本部地下一階にある『演習場』へ移動してください」

「……？　わかりました」

何故俺だけ別室受験なのかわからないけれど、とりあえず言われた通りに地下の演習場へ移動。

するとそこには、一人の男性が立っていた。

「――君がアルト・レイスか？」

「は、はい」

「私は『宮廷召喚士』のヘムロス・ルクスス。本日、君の試験を担当する者だ」

ヘムロス・ルクスス。

男性にしては長めの緑髪《りょくはつ》。

身長は百七十五センチほど。年齢はおそらく三十手前ぐらいだろう。

真っ黒なサングラス・手足に巻いた独特なベルト・ところどころ破けたスーツ、ちょっと奇抜な格好をした人だ。

「ふむ……。（アルト・レイス、ラーゲン殿が言うには『危険分子』だそうだが……。この子は――駄目だな。一目見ただけで、はっきりとわかる。召喚士としての才能がまるでない。こんな弱々しい魔力では、通常の試験でも間違いなく『アウト』だろう。はぁ……わざわざこの私が出向き、不合格を突き付ける必要はなかったな）」

ヘムロスさんはジッとこちらを見つめた後、小さなため息をこぼした。

「えっと……？」

「いや失礼。さっ、それでは早速、試験を始めようか」

「その前に一つ、よろしいでしょうか？」

「なんだ？」

「どうして俺だけ、別室での受験なんでしょうか？」

「それは……だな……。先日アルトが提出した受験願書。そこの役職欄に『召喚士』と記載されていたからだ。召喚士には専用の試験が用意されており、別室で受験してもらう決まりとなっている。そして今回はたまたま、召喚士の受験生が君だけだったのだ（本当はラーゲン殿の指示なのだが……。まぁ適当な作り話で誤魔化しておくとしよう）」

「なるほど、そういうことだったんですね」

召喚士は特殊な役職であるため、剣士や魔術師なんかと比べて、その絶対数がとても少ない。今回の受験生の中で、召喚士が俺一人だったとしても、別におかしな話じゃない。

「さて、疑問も解消されたところで、試験を始めようか」

「お願いします」

「よし。今回の試験では、召喚魔術の『質』と『量』をテストする。この二つをクリアすれば、この場ですぐ合格にしてやってもいいぞ」

「本当ですか!?」

「あぁ、男に二言はない」

ヘムロスさんは鷹揚《おうよう》に頷き、パンと手を打ち鳴らした。

「それではまず、『量』の試験から実施しよう。手順は簡単だ。消費魔力の少ない低級の召喚獣を呼び出し、そこに増殖術式を付与。その後は魔力の続く限り、呼び出した召喚獣を増やし続ける。――さぁ、やってみろ」

「はい！」

俺は手持ちの召喚獣の中で、最も消費魔力の少ないスライムを選び、そこへ増殖術式を加える。

「──増殖召喚・スライム」

一匹の青いスライムが飛び出し、

「ぴゃぁ！」

すぐさま二匹に分裂、

「「ぴゃぁぁあああ！」」

さらに四匹に分裂。

その数は、爆発的な速度で増えていく。

「ほぅ、百を超えたか……せ、千……？　なっ、こ、これは……ッ!?」

俺の召喚したスライムは、瞬く間に数千・数万と増殖し、あっという間に『億』を超えた。

「す、ストップ……！　十分、もう十分だ……ッ！」

「あっ、はい。わかりました」

魔力の放出を止め、増殖術式を解除。

演習場を埋め尽くさんとしていたスライムは、一瞬にして消え去った。

「はぁはぁ……っ」

ポジション取りが悪く、スライムの軍勢に呑まれ掛けていたヘムロスさんは、四つん這いになって荒々しい息を吐く。

「あの……大丈夫ですか？」

「あ、あぁ……問題ない。時にアルト、あのまま増殖術式を解かなかった場合、最大でどれぐらいまで増やせるのだ？」

「そう、ですね……。多分、『兆』を超えて『京《けい》』、いや『垓《がい》』ぐらいまでなら、全然問題ないと思います」

「な、なるほど……（ば、馬鹿な……っ。そんな規模の増殖召喚、聞いたこともないぞ!? ……だがしかし、この目で馬鹿馬鹿しい数のスライムを見たのは紛れもない事実。それに、アルトが嘘をついているようにも見えない……。この少年、いったい何者なのだ!?）」

突然押し黙ってしまったヘムロスさん。

自分の口からはちょっと聞きにくいけれど、さっきの『結果』を聞いてみることにした。

「ところでその、『量』のテストの結果は、どうだったんでしょうか……？」

「……んま、まぁまぁというところだな……！　私が君ぐらいの頃は、もっとたくさん召喚できたんだが……。『最低ライン』は突破している、と言ってやってもいいだろう」

「やった！　ありがとうございます！」

よかった。

これでひとまず『量』の課題はクリアだ。

「ふぅー……では次に召喚魔術の『質』を見ていこうか。（アルト・レイス、思っていたよりも遥《はる》かにできるな。依然として魔力は、弱々しいところを見るに……。おそらくは『魔力コントロール』に長《た》けた術師なのだろう。ならばどうするか……答えは簡単！　消費魔力の高い召喚獣を呼び出させればいい！　そうすれば、簡単にボロを出すだろう！）」

ヘムロスさんはパチンと指を鳴らし、頭上をビシッと指さした。

「優れた召喚士であるならば、多種多様な召喚獣を操れなければならない。例えば、遥か上空より敵勢力を監視するワイバーン！」

「おいで、ワイバーン」

「「「ギャルルルルー！」」」

せっかくなので、三匹ほど呼んでみた。

「も、モンスターは水中に潜んでいるかもしれないぞ？　そういう場合には、強力な水の精霊が必要だ！」

「おいで、ウンディーネ」

「ヒュォルォ……！」

天より清らかな雫《しずく》が落ち、水の精霊ウンディーネが顕現《けんげん》した。

「だ、ダンジョンには、灼熱のマグマ地帯がよく見られる！　巨大な岩窟人形は必要不可欠だ！」

「おいで、ゴーレム」

「ヴゴゴゴゴ……！」

足元の大地を引き裂き、岩窟人形ゴーレムが現れた。

「～～ッ（召喚契約の難しいワイバーンが三匹、四大精霊の一つであるウンディーネ、魔力効率の悪いゴーレムの同時召喚。そのうえ全て無詠唱だと⁉）」

「あの……どうでしょうか？」

「ふ、ふむ……。まぁ、アレだ……悪くはないな」

「『質』と『量』のテストをクリアしたということは、つまり……！」

期待に胸を膨らませながら、問い掛けてみたのだが……。

「…………」

彼は長い長い沈黙の後、

「そ、それでは『最終試験』を始めよう……！」

上擦《うわず》った声で、とんでもないことを口にした。

「え……？　最終試験、ですか……？」

「あぁ、そうだ！　冒険者になりたければ、この私を――宮廷魔法士ヘムロス・ルクススを倒してからにするのだな！」

「『質』と『量』のテストさえクリアすれば合格だという話は……？」

「そんなのは知らん」

「さっき言っていた、『男に二言はない』というのは……？」

「それも知らん」

「……そうですか、わかりました」

正直、全然釈然《しゃくぜん》としないのだが……。

試験官であるヘムロスさんが、頑《かたく》なに『最終試験』だと言い張っているので、仕方なく受け入れることにした。

（少々腹立たしいが……もはや認めざるを得ん。ここにいるアルト・レイスという少年は、天才的な召喚士だ。単純な召喚技術においては、宮廷魔法士である私をも遥かに上回る。だがしかし……！　今の私にはラーゲン殿より賜った、あの『秘宝』がある……！）

彼は懐から、妖しい光を放つ結晶を取り出した。

（あれは……封魔結晶《ふうまけつしよう》か）

封魔結晶。

任意の魔術を封じ、それを好きなタイミングで解放できるという、とても貴重な魔具だ。

しかも、結晶の色は『赤』。

相当高位の魔術が込められていると見て、間違いないだろう。

「それではこれより、最終試験を開始する！　さぁ刮目《かつもく》せよ！　我が究極の召喚獣を……！」

封魔結晶が赤黒い光を放ち、莫大な魔力が吹き荒れ――煉獄《れんごく》を纏った隻腕《せきわん》の剣士が召喚された。

「こ、これは……!?」

「ふははは、驚いたか！　下下炎獄を統べる炎鬼オルグの忠臣、ロクティス！　かつて大天使ミカエリスを打ち破ったという伝説の剣士だ！」

確かにロクティスは、とても強力な召喚獣なのだが……。

一つだけ、致命的な弱点がある。

「おいで、オルグ」

俺の呼び掛けに応じて、下下炎獄を統べる炎鬼オルグが降臨。

「……は!?」

ヘムロスさんがあんぐり口を開けると同時、ロクティスはすぐさま膝を突き、深く頭《こうべ》を垂れた。

「オルグ様。常世《とこよ》でお会いできましたこと、恐悦至極《きようえつしごく》にございます」

「ホゥ、コレハ珍シイコトモアルモノダナ。──ドレ、一戦交エルカ？」

「滅相もございませぬ。どうして主《あるじ》に刃を向けることができましょうか」

ロクティスは慇懃《いんぎん》に首を横へ振った後、ヘムロスさんの方へ視線を向けた。

「──名も知らぬ召喚士よ。申し訳ないが、此度《こたび》の召喚は破棄させてもらおう」

彼はそれだけ言い残し、霧のように消えてしまう。

「……」

「……」

なんとも言えない沈黙。

「……最終試験、どうしますか？」

「──スゥー…………アルト・レイス、合格！」

「ありがとうございます！」

「うむ、素晴らしい召喚魔術だったぞ。これから先も、精進するといい（……ラーゲン殿。申し訳ないが、私ではこの化物の進撃を止められませんでした……）」

「はい！」

こうして無事に冒険者登録試験に合格した俺は、『D級冒険者アルト・レイス』としての人生をスタートさせるのだった。

アブーラ・シャルティ・バロックから絶縁宣言を受けた日から一夜明け、なんとか気力を取り戻したデズモンド。

彼はほとんど丸一日掛けて、中期成長計画の見直しを図り、午後六時を回った頃、ようやく一段落することできた。

「ふぅー……」

束の間の休息。

眠気覚ましのコーヒーをすすり、部下の運んできてくれた夕刊を広げ——言葉を失う。

「な、ななな……なんだこれは⁉」

『あの宮廷魔法士ヘムロス・ルクススが絶賛！　期待の新人冒険者アルト・レイス！』

デズモンドは泡を吹きながら、ヘムロスとインタビュアーの対談記事に目を通す。

ヘムロス「なんというか……一目見てピンときましたね。この少年には、途轍もない才能がある、と。えぇ、はい。私にはすぐにわかりました。なんというか、そう……優れた召喚士同士、惹《ひ》かれ合うものがあったんですよ。ん……？　ははは、違いますよ。『試験を実施した』というよりは、『稽古を付けてやった』という感じですね。召喚士としての心得や術式、そういったものを丁寧に教えてあげました。もはや彼は、私が育てたと言っても過言ではないでしょう」

その内容はかなり一方的かつ歪《いびつ》なもので、真実からは程遠いのだが……。

デズモンドにとって、問題はそこではない。

「何故、だ……っ。何故アルトが、試験に合格しているのだ……⁉　ラーゲンの奴め、しくじりおったのか⁉」

怒りのままに受話器を取り、ダイヤルを回す手を――ピタリと止めた。

（お、落ち着け……。ギルドの一般回線を使っては、私とラーゲンの繋《つな》がりがバレてしまう……っ。ひとまず今は急いで帰り、自室の秘匿回線を使って、連絡を取るとしよう……！）

なんとか冷静さを取り戻した彼は、大急ぎで自宅へ向かい、すぐにラーゲンへ電話を掛けたのだが……。

「くそっ、何故出ない……！」

どれだけコールを鳴らしても、繋がることはなかった。

その後、苛立ちに満ちた長い夜を乗り越え――デズモンドはさらなる衝撃を受けることとなる。

「なん、だと……!?」

メイド長より手渡された朝刊。

そのヘッドラインを飾っていたのは、衝撃的な大事件だ。

『中央政府の高官ラーゲン・ツェフツェフ氏、緊急逮捕！』

「あのラーゲンが……何故……!?」

目を白黒させながら、記事に目を落とす。

『ラーゲン・ツェフツェフ氏の所有する口座に、不正な金銭の授受が見つかった。当局が調べた結果、一部の冒険者ギルドから、多額の献金を受けていたことが判明。これは冒険者ギルド法第七条三項に違反するものであり、此度の緊急逮捕に至った。当局は現在、余罪を追及すると共に、献金を行ったギルドを洗い出している。なお、今回の緊急逮捕の裏には、大富豪アブーラ・ウルド氏からの情報提供があったとされている』

「ま、マズい……っ」

デズモンドの顔から、サッと血の気が引いていく。

今からおよそ十年前——貴族の庭園がまだD級ギルドだった頃、デズモンドはラーゲンに多額の現金を支払い、C級ギルドに昇格させてもらったことがあったのだ。

（こ、このままでは、私まで捕まってしまうではないか……ッ）

視界が明滅し、平衡感覚が失われていく。

「く、そ……こうなったのも……全てアルトのせいだ！　どうせ今回の件もまた、あいつが裏で糸を引いているに違いない……っ。何故だ。何故なんだ。どうしてただの農民風情が、ここまでの権力を持っているんだ……ッ」

実際のところ、アルトはまったく何もしていないのだが……。

そんなことは、デズモンドが知る由もなかった。

「とにかく、何か手を打たなければ……。このままでは、貴族の庭園が……いや、我がテイラー家が滅びてしまう……っ」

必死に解決策を模索していく中——脳裏をよぎったのは、アブーラ・シャルティ・バロックが去り際に残した『あの言葉』。

「アルト殿がいない貴族の庭園《このギルド》に、いったいなんの価値があるというのだ……？」

「アルト先生に誠心誠意の謝罪をし、その許しを得た場合にのみ、再考してあげてもよいでしょう」

「まずはアルトさんに詫びを入れろ。話はそれからだ」

この苦境から唯一逃れる手段。

それは——アルトに謝罪し、彼の許しを得ることだ。

「ぐっ、がっ……」

だが、デズモンドにとってそれは、死よりも苦しい選択である。

選ばれた高貴な血統——『貴族』である自分が、卑しい農民生まれに頭を下げることなど、決して許されないのだ。

「しかし、このままでは……っ」

このままでは、テイラー家の破滅は不可避。

もしもそんなことになれば、自分は貴族ですらなくなってしまう。

「う、ぐっ、ぉ、ぉおおおおおおお……！」

デズモンドは断腸《だんちょう》の思いで筆を取り、鬼の形相で手紙をしたためるのだった。

✦

冒険者登録試験に合格した俺は、すぐにステラと母さんに報告。

二人はまるで自分のことのように喜び、その晩はちょっとしたパーティが開かれ、とても楽しい時間を過ごした。

翌朝。

「アルトー。あなた宛てに手紙が届いているわよー？」

玄関口の方から、母さんの声が聞こえた。

「うん、わかった」

手紙か、誰からだろう？

机に置かれた封筒を手に取り、裏面《りめん》の差出人欄を見て、思わず息を呑んだ。

「……っ」

そこにはなんと、『貴族の庭園デズモンド・テイラー』と記されていた。

（デズモンドが、なんで……!?）

恐る恐る封を開け、その中身に目を通していく。

親愛なるアルトへ
とても大事な話がある。
貴族の庭園まで来てほしい。
デズモンド・テイラーより

「『親愛なるアルトへ』って……」

あれだけ散々酷い扱いをしてきた挙句、最悪のタイミングでクビにしておいて、よくもまぁこんなことが書けたものだ。

だけど……。

（貴族の庭園には、ちょこちょこと荷物を置いてきてしまっているんだよな……）

クビを突き付けられたあの時、あまりにも悔しくて悔しくて、荷物も持たずに飛び出してきてしまった。

ギルドから支給された制服も、まだ返せていない。

（デズモンドの『大事な話』は、この際どうでもいいとして……）

荷物の回収と制服の返却だけは、ちゃんとしておかなければならない。

（とりあえず、行くだけ行ってすぐに帰るか……）

その後、手早く朝支度を済ませた俺は、かつての職場に向かうのだった。

✦

数日ぶりに貴族の庭園に到着。

裏口に設置されたギルド職員専用の扉をコンコンコンとノック。

いつもなら、警備員の方が鍵を開けてくれるのだが……。

「アルトか⁉」

いったいどういうわけか、何やらげっそりとしたデズモンドが、勢いよく飛び出してきた。

「で、デズモンド、さん……？」

「おぉ、アルト……！　よく来てくれた、本当によく来てくれた！　おっと、こんなところで立ち話もなんだな。ささっ、どうぞ中に入ってくれ！」

「は、はぁ……」

予想外の対応に戸惑《とまど》っていると、半《なか》ば無理矢理、応接室へ通された。

「さぁ、掛けてくれ！」

「……失礼します」

来客用のソファに腰を下ろすと、デズモンドは慣れない手つきで、温かいお茶と白いお餅を出してきた。

「あの、これは……？」

「京福亭《きょうふくてい》のいちご大福だ。わざわざここまで足を運んでもらったのに、お茶請《ちゃう》けの一つも出さぬというわけにはいかんだろう？　ほらほら遠慮はするな！　好きなだけ食べるといい！　なんならおかわりもたくさんあるぞ？」

「……」

お洒落《しゃれ》な小皿にちょこんと載せられた、とても美味しそうないちご大福。

俺はそれをジッと見つめた後、デズモンドに質問を投げ掛ける。

「確かこういうお茶菓子って、俺・だ・け・は食べちゃ駄目なものでしたよね……？　それをこんな風に出してくるなんて、いったいどんな心境の変化があったんですか？」

「うぐっ⁉　そ、それはだな……ッ」

デズモンドは視線を右へ左へと泳がせ、しどろもどろになった。

今からおよそ一年前。

俺を含めた新人ギルド職員三人が、この貴族の庭園へ配属された時、ささやかな歓迎会が開かれた。

おいしそうなお茶菓子が配られ、楽しそうなレクリエーションが企画されたその会で、陰湿なパワハラが始まった。

「おいおい誰だ？　こんな上等な茶菓子を、こんな薄汚い農民に出したのは？　――取り上げろ。農民の口にはもったいない！」

ニヤニヤと意地の悪い笑みを浮かべたデズモンドはそう言って、俺の机から茶菓子の類を全て取り上げたうえ、レクリエーションに参加することも禁じた。

貴族の庭園は、デズモンド・テイラーの『城』だ。

ここにいるギルド職員で、彼の決定に逆らえる者はいない。

結局その日、他の職員たちが楽しそうにしている様子を、俺は一人だけ蚊帳《かや》の外から見続けた。

「……俺が今日ここへ来たのは、あなたとお話しをするためじゃありません。自分の机に置いてきた荷物とこちらの制服をお返しするためです」

手提げ袋に入れた制服を取り出し、ソファの上にポンと置く。

これで後は、自分の荷物を回収して帰るだけだ。

「それでは失礼します」

小さくペコリと頭を下げて、職員の執務室へ向かおうとしたその時――デズモンドが、がっしりと肩を掴んできた。

「……なんでしょうか？」

「ま、待ってくれ……！　少しだけでいいから、私の話を聞いてほしいんだ……！」

「すみませんが、失礼します」

どうせこの人のことだ。

碌《ろく》な話じゃないだろう。

「む、ぐ……っ」

デズモンドは苦虫を嚙み潰したような顔をした後、

「す……す……す……っ」

『す』？

「……すまなかった。私が悪かった。この通りだ、どうか許してくれ」

額を床に付け、謝罪の弁を述べてきた。

「い、いったい何を――」

「――アルトさえよければ、貴族の庭園《うち》に戻ってきてほしい。もう一度、私と一緒に働いてくれないか⁉」

「……は？」

一瞬、何を言われたのかわからなかった。

俺に酷いパワハラをした挙句、このギルドから追いやったのは、他でもない――デズモンドだ。

それが何故今になって、こんなことを言い出すのだろうか。

「お前がいなくなってから、全てがおかしくなってしまった……っ。率直に言って、ギルドの経営が立ちいかなくなってしまったんだ。頼む、アルト……もう一度だけ、お前の力を貸してほしい……！」

「……お気持ちはとても嬉しいです」

「で、では……！」

「ですが、俺はもう冒険者として生きていくことを決めました。ここに戻ることは絶対にありま・・・・・せん」

人として最低限の礼儀を払いつつ、明確な拒絶を告げる。

俺は明日から、いよいよステラと一緒に『ダンジョン攻略』へ乗り出すのだ。

冒険者ギルドの職員に──ましてや貴族の庭園に戻るつもりはない。

ここはもう『過去』なんだ。

俺はこれから『未来』へ進んで行く。

「ぐっ……。冒険者の道を進むという、アルトの気持ちはわかった。ならばせめて、『召喚獣の貸し出しサービス』だけでも続けてもらえないか⁉　もちろん、それ相応の対価は払うつもりだ……！（こいつの召喚獣さえあれば、アブーラたちを繋ぎ止めることができるはず……！）」

「すみませんが、お断りさせていただきます」

「な、何故だ⁉　召喚獣なぞ、別に減るものじゃないだろう⁉」

「デズモンドさんはご存じないかもしれませんが、召喚獣をこの世に呼び留める──すなわち『現界《げんかい》』させ続けるのには、それなりに魔力が必要なんです」

俺はこの先、強力なモンスターの犇《ひしめ》くダンジョンに挑む。

万が一の事態に備えて、魔力は可能な限り、充実した状態でいたい。

「そ、それならば、週に一度の『召喚魔術の入門講座』だけでも、お願いできないか……⁉（シャルティは重度の親馬鹿で、奴の息子はアルトのことをよく慕っている。アルトが講座を開けば、シャルティの息子が釣れる。息子が釣れれば、親も釣れる……！）」

「申し訳ありませんが、そちらもお断りさせていただきます」

「どうしてだ⁉　金ならいくらでも払うぞ⁉」

「お金の問題ではありません」

一度ダンジョンに潜れば、数週間帰って来られないことなんてザラにある。

もちろんそれは、受注したクエストの難易度にもよるのだが……。

毎週講座を開くのは、とてもじゃないけど無理だ。

「あ、アルトぉ……っ。それならばせめて、せめて『上』に口利きをしてくれないか……？　後生だ。この通り……ッ」

デズモンドは半べそを掻きながら、俺の足に縋《すが》り付き、必死に頼み込んできた。

「『上』……？　いったいなんのことを言っているんですか？　というかデズモンドさん、今日は本当にどうしたんですか？」

俺が小首を傾げた直後、

「……こ、の、クソガキめ！　こちらが下手《したて》に出てやったら、どこまでも付け上がりおって……！」

彼は勢いよく立ち上がり、ようやく『いつもの顔』を見せた。

「アルトをクビにした次の日、アブーラたちが息を巻いて、貴族の庭園《うち》へやってきた。お前をクビにしたことが、よほど気に入らなかったみたいでな、その場で冒険者契約を打ち切ってきやがったのだ！　これでB級ギルドへ昇格する夢も、テイラー家の大発展も、全て水の泡

「……！　どうだ？　嬉しいか？　楽しいか？　あぁ、さぞやいい気分だろうなぁ！　アブーラたちを焚《た》きつけて、ムカつく上司の人生を台無しにしてやったんだ！　そりゃぁ、最高にいい気分だろう！」

「何か妙な誤解をされているようですが……。俺はアブーラさんたちを焚きつけたりしていません。というかそもそも、それって完全な逆恨みじゃないですか……」

「うるさい！　細かいことなど、もはやどうだっていいのだ！　……お前のような卑しい農民が、よくも貴族である私の輝かしい未来をぶち壊してくれたな……ッ」

瞳に仄暗《ほのぐら》い炎を燃やしたデズモンドは、応接室の机から鋭いナイフを取り出し、その切っ先をこちらへ向けた。

「……本気ですか？　俺はこれでも一応、『D級冒険者』ですよ？」

「はっ。一丁前にもう冒険者気取りか？　D級冒険者なぞ、素人に毛が生えた程度のものだろう……！」

緊迫した空気が流れる中、

「で、デズモンドさん……？　少し、よろしいでしょうか？」

デズモンドの腹心であるハーグ男爵が、恐る恐るといった風に入室してきた。

「ハーグ男爵、許可なく入ってくるな、と……～っ⁉」

次の瞬間、応接室の扉が荒々しく開け放たれ、黒服を纏った集団がズカズカと踏み入ってきた。

一団を率いる女性は、品のある所作で中折れ帽子を取り、ペコリと頭を下げる。

「はじめまして、私は冒険者ギルド監査課のレミロス・クレデターと申します。貴方が貴族の庭園のギルド長デズモンド・テイラー氏ですね？」

「え、ええ、自分がデズモンド・テイラーですが……。そんな大所帯を引き連れて、いったいどうされましたかな？」

「こちらのギルドで不審なお金の動きが見つかったため、ちょっと署までご同行をと思ったのですが……。その前にそれ、どうしたんですか？」

レミロスさんが指さしたのは、デズモンドが握り締めたナイフだ。

「あっ、いや、これは……なんというか、そう……！　今度ギルド内で実施する、演劇の練習をしていたんですよ！」

デズモンドは手に持ったナイフを慌てて背に隠し、苦し紛れの言い訳を並べた。

しかし、彼が絶対的な権力を誇り、全てを意のままにできるのは、貴族の庭園の中での話。

冒険者ギルド――それも組織を監督し査察する人間に対しては、なんの力も持たない。

「――連行してください」

「「はっ！」」

レミロスさんの命令を受けた屈強な監査官たちは、デズモンドを素早く抑え込み、有無を言わさず連行していった。

シンと静まり返った応接室。

「ところで君……とても『いい魔力』をしていますね。もしよかったら、監査課《うち》に来ませんか最近人手が足りなくて、困っているんですよ」

レミロスさんは柔和な微笑みを浮かべながら、奇妙な提案を振ってきた。

「いえ、自分は冒険者ですから」

「それは残念。もし気が変わりましたら、いつでも監査課へ来てくださいね」

彼女はそう言って、貴族の庭園から出ていった。

その後、俺は自分の荷物を手早く回収し、自宅へ帰る。


これは後で聞いた話なんだけど……。

デズモンド・テイラーは贈賄《ぞうわい》などの複数の罪で逮捕され、『子爵』の地位を剝奪。

C級冒険者ギルド貴族の庭園は、解体処分になったそうだ。

第二章 遠征

精神的な苦痛を伴う、貴族の庭園への訪問を終わらせた翌朝。

俺はベッドで仰向けになりながら、とある『ブツ』を眺めていた。

「……へへっ、かっこいいなぁ」

視線の先にあるのは、夢にまで見た『冒険者カード』。

昨日の夕方頃、自宅に郵送されてきたものだ。

俺の名前・顔写真・階級・役職などの個人情報が記されたこれは、冒険者としての身分証明書。

クエストを受注する時なんかに、必要となるものだ。

ちなみに冒険者カードは、階級ごとにその材質が異なる。

俺の持っているD級はアイアン。

C級はブロンズ。

ステラ・レックス・ルーンのB級はシルバー。

A級はゴールド。

所謂《いわゆる》『ランク外』的な位置付けである特級は、なんと超高級素材であるオリハルコンが使われているそうだ。

「さて、と……そろそろ準備しないとな」

とりあえず今日は、王都でステラと合流した後、肩慣らしにいくつか簡単なクエストを受ける予定だ。

着替えをサッと済ませた俺は、自室を出て台所へ向かう。

すると――朝ごはんのいいにおいがしてきた。

今日は多分、ベーコンと目玉焼きだな。

「アルト、おはよう」

「おはよう、母さん」

朝早くからごはんを作ってくれている母さんに、元気よく挨拶。

「おはよう、アルト」

「あっ、おはようございます。校長先生」

冒険者学院時代、よく面倒を見てくれた先生にも、ちゃんと挨拶を……。

「……え？」

思わず、二度見。

「こ、校長先生、どうしてここにいるんですか!?」

あまりにも普通に座っていたものだから、ついうっかり流してしまった。

「ふむ……」

俺の質問に対し、彼はゆっくりと頷き、机に置かれた湯呑をすすった。

「ふぅー……ステラとパーティを組んだそうじゃな」

「よくご存じですね。……というか、人の話をほとんど聞いてくれないところは、一年前からまったく変わっていませんね……」

冒険者学院の校長先生、エルム・トリゲラス。

御年《おんとし》なんと百歳超え。

白い眉毛に隠れた目・立派に蓄《たくわ》えた白い髭・白い装束に身を包んだその姿は、まるで昔話に出てくる仙人のようだ。

(生徒思いのとてもいい先生なんだけど……)

どこまでも『自分の時間』を生きており、人の話をほとんど聞いてくれないのが、玉《たま》に瑕《きず》だ。

「アルトが冒険者になってくれたことをとても嬉しく思っておる。お前には昔から、殊更よく目を掛けてきたからのぅ」

彼はしみじみと呟き、懐から白い封筒を取り出した。

「これは……?」

「明日、ちょっとした遠征がある。そこにお前さんらのパーティを捻《ね》じ込んでおいた」

「え、えー……っ」

卒業直前、勝手に有名冒険者ギルドへの推薦状を作成していたことといい、先生の行動はいつもちょっと前のめりだ。

「今日の正午頃、A級冒険者ギルド『銀牢《ぎんろう》』で、遠征の詳しい内容が説明される。せっかくだ、顔を出してきなさい。では、健闘を祈っておるぞ」

彼はそれだけ言うと、『空《くう》』の手印を結び、時空の狭間に消えてしまった。

それから数時間後、

「――ということがあったんだ」

王都でステラと合流した俺は、すぐに今朝のことを話した。

「はぁ……。まったくあの『仙人』は、相変わらず無茶苦茶ね……」

彼女は小さなため息をこぼした後、

「でもまぁ、いいんじゃない？　せっかくの機会だし、参加させてもらいましょう！」

かなり乗り気な姿勢を見せた。

「う、うーん……。ステラはB級だからいいけど、俺なんかまだD級だしさ……」

校長先生は『遠征』と言っていた。

十中八九、複数の冒険者パーティが参加する、中～高難易度のクエストと見て間違いないだろう。

そうなってくると……冒険者として実戦経験のない俺は、みんなの足を引っ張ってしまうかもしれない。

「何を言ってるの！　アルトはB級のレックスに完勝するほどの召喚士なのよ？　あなたが参加してくれたら、冒険者のみんなは大助かりに決まっているじゃない！　それに……ここで大きく名前を売れば、一気に上の階級へ駆け上がれるわ！」

「いや、でも……」

懸念点《けねんてん》はもう一つ。

あの校長先生が――物事を小さく言うきらいのある彼が、『遠征』という言葉を使ったのだ。

……なんだかちょっと嫌な予感がする。

「アルトはとっっってても強いんだから、もっと自信を持った方がいいわ！　さっほら、行きましょう！」

「えっ、あっ、ちょ……ステラ⁉」

王都の目抜き通りを真っ直ぐ進み、少し入り組んだ路地を右へ左へと進み――Ａ級ギルド銀牢に到着。

受付の人に校長先生から渡された白い封筒を手渡すと、ギルドの地下にある『大教練場《だいきょうれんじょう》』という場所へ通された。

（こ、これは……っ）

そこにいたのはなんと、百人以上にもなる冒険者たち。

しかも、誰もが知っている有名な冒険者ばかりだ。

（あそこの魔術師は、Ｂ級のケセランさん。向こうの調教師《テイマー》は、Ｂ級のチョッチさん。あっちの騎士なんかは、Ａ級のハロルドさんだぞ⁉）

今から戦争でも仕掛けに行くのか、そう思ってしまうほどの大戦力である。

「す、凄い、な……」

「え、ええ……。思っていたよりも、ずっと大きな遠征みたいね……っ」

俺とステラが緊張に言葉を失っていると、遥か前方に設置された舞台に一人の冒険者が上がった。

「――冒険者諸君、今日はよく集まってくれた！　敢えて言うまでもないが、此度の遠征は文字通りの命懸け！　しかし、誰かがこのクエストを果たさねば、人類の平和は――ダンジョン攻略は成し遂げられん！　まずは君たちの勇気と民を思う心に、感謝を……！」

Ａ級冒険者ギルド『銀牢』の中心メンバー、Ａ級冒険者のラインハルト・オルーグだ。

ラインハルト・オルーグ。

身長は百八十センチほど、年齢は多分二十五歳前後だろう。

透き通るような金色の長髪・目鼻立ちの整った顔・線の細い体に搭載された立派な筋肉。

聞くところによれば、Ａ級でも三本の指に入る、凄腕の剣士らしい。

（というか……これだけの大戦力が集まってなお、『命懸け』って……っ）

校長先生……。よくもまぁあんなにも軽い感じで、こんな大事《おおごと》を振ってくれましたね……。

「それではこれより、第四次ダンジョン遠征の作戦概要を説明する！　我々の戦術目標は、大魔王が遺《のこ》した五つの魔具を――」

「――ちょっと待ったァ！」

ラインハルトさんの説明を遮り、黒髪短髪の男性冒険者が大声を張り上げた。

彼は確か……ウルフィン・バロリオ。

ラインハルトさんとパーティを組む、Ａ級冒険者。

非常に気性が荒く、あちこちでよく問題を起こしているため、あまり評判のよくない人だ。

ウルフィンさんは大股でズカズカと舞台に上がると、大きく両手を開いた。

「よぉよぉ！　今回の遠征メンバーにとんでもねぇポンコツが――『Ｄ級冒険者』が紛れ込んでいるそうじゃねぇか!?　ぞぇ!?」

その瞬間、大きなざわつきが生まれる。

「Ｄ級冒険者……？」

「この遠征の参加条件って、確か『B級以上』だよな……？」

「はぁ……。大方、名を売りたいだけの馬鹿が、しゃしゃり出たってところか？」

「ったく、たまにいるんだよなぁ……。自分の実力を過信した『勘違い野郎』がよぉ……」

あちこちから噴き上がる不満の声。

俺が心臓をバクバク鳴らしていると、舞台の上で何やら言い争いが始まった。

「おい、ウルフィン！　その件については、昨晩ちゃんと説明しただろう⁉　『彼』は特別なんだ！　あの老師より、直々に推薦があったのだぞ⁉」

「はっ！　あんな耄碌爺《もうろくじじい》の妄言、信じられっかよ！」

ウルフィンさんは激昂《げきこう》するラインハルトさんを退《しりぞ》け、一歩前に踏み出した。

「どうせ、ここにいるんだろぉ？　ここそしてねぇで出て来いよ――アルト・レイス！」

彼の手元には、俺の名前と顔写真の記された羊皮紙があった。

おそらく、校長先生が渡したものだろう。

（これは……下手《へた》に隠れるより、名乗り出た方がよさそうだな……）

俺が仕方なく右手をあげた次の瞬間、

「――てめぇがアルト・レイスか」

目と鼻の先に、ウルフィンさんの姿があった。

（……速い）

さすがはA級冒険者というべきか。

途轍もない速度だ。

「俺はてめぇを認めてねぇ」

「……はい」

それはとてもよく存じ上げています。

「なぁおい、知ってっか？　この世で最も厄介な敵は、『有能な敵』じゃねぇ――『無能な味方』だ。てめぇみたいなゴミクズが足を引っ張って、うちの連合パーティが崩壊したら、どう責任を取るつもりなんだ……あぁ⁉」

ウルフィンさんが鋭い殺気を放ち、大教練場が凍り付く。

そんな中、一人の巨漢がのっそりと動いた。

「――ウルフィンよ、悪いことは言わん……やめておけ。殺されるぞ」

B級冒険者のドワイトさん。

心優しい彼が、仲裁に入ってくれたのだ。

「おいおいドワイトさんよォ、あんたこのD級の肩を持つのか？　まったく、年は取りたくねぇよなぁ……。昔はあんなに凄かったドワイト様も、今じゃ目の腐ったぼんくらだァ！」

「ふぅ……一応、忠告はした。後は好きにするがよい」

唯一の助け舟は、あっけなく踵《きびす》を返してしまった。

（……帰ろう）

もうこんなトゲトゲチクチクしたところには、一分一秒といたくない。

そもそもの話、俺はこの遠征にあまり興味がないのだ。

そりゃ俺だって、いつかはこういう高難易度のクエストで活躍し、『ダンジョン攻略』に貢献したいという思いはある。

しかしそれは、『いつか』であって『今』じゃない。

まだまだ未熟な今は、地道に一歩ずつ進み、ゆっくりと成長していきたい。

「すみません。なんか俺、場違いみたいなんで帰りま――」

平謝りをしながら、そそくさと身を引こうとしたその時、

「――さっきから散々ボロカスに言ってくれてますけど、アルトはあなたなんかよりも全然強いですからね？」

いつもながら好戦的なステラが、「もはや我慢ならぬ」といった風に口を開いた。

……お願いだから、もう帰らせてくれ。

「うっせぇ、ドブス。B級の分際で話し掛けんな」

「ど、ぶ、す……!?」

一応ウルフィンさんは、ステラのことを認知していたらしく、彼女のことを一発で『B級』と言い当てた。

「ふ、ふぅー……。お言葉ですけど、『A級』という地位を鼻に掛け過ぎではないかしら？　――後それから、私はブスじゃありません」

「バァカ。A級とB級には、天と地がひっくり返っても覆《くつがえ》らねぇ『絶対的な壁』があんだよ。――鏡、見たことねぇのか？」

ちなみに……ステラの名誉のために言っておくが、彼女は間違いなく絶世の美少女だ。

これは俺の好み云々《うんぬん》を完璧に除外した、一般論としての話である。

その後、ウルフィンさんとステラは一歩も引かず、二人の言い争いはどんどんヒートアップしていった。

「はぁはぁ……。ったく、情けねぇ話だよなァ……？」

「ふうふぅ……いったいなんのことですか？」

「そんなD級を庇《かば》っているから、てめぇはずっと『落ちこぼれ』なんだよ。『アーノルド家の術式』を何も引き継げなかった、『捨て子のステ――」

俺はウルフィンさんの言葉を遮り、大きくパァンと手を打ち鳴らす。

「――ウルフィンさん、俺と摸擬戦をやりませんか？」

「……あ？」

「アル、ト……？」

俺はステラを背中に隠し、続きの言葉を紡ぐ。

「摸擬戦をすれば、いろいろと決着が付くと思うんですよ。例えば……俺とウルフィンさん、本当はどちらが強いのか、とかね」

一瞬の静寂の後、おぞましい殺気が吹き荒れる。

「アルト・レイスぅ……？　それはこの俺が、A級冒険者『影狼《えいろう》のウルフィン』だと知っての戯言《ざれごと》かァ？」

「ええ、もちろんです」

「くっ、くくく……。はーはっはっはっ！　こいつはおもしれぇ！　最底辺のD級が、A級の俺に喧嘩《けんか》を売ってくるとはなァ！　お前、頭おかしいんじゃねぇか!?」

「別に、俺のことは好きに言ってくれても構いません。実際、ただのD級冒険者であることも、実力が足りてないことも事実ですから。ただ……俺の大切な友達を、ステラのことを馬鹿にするのなら話は別だ」

「はっ、口だけは一丁前なことを言いやがる！　――おいティルト、こんな地下じゃ戦えねぇ。どっか開けた場所に飛ばせ」

「ほいほーい」

ティルトと呼ばれた少女は、懐から札を取り出し、それをボッと燃やした。

すると次の瞬間、視界が大きく揺れ――気付いた時には、だだっ広い草原のド真ん中に立っていた。

（ここは……オムレド広原《こうげん》か。大教練場にいた冒険者全員が飛ばされていることから考えて……。指定した範囲の領域を丸ごと別の空間へ転移させる魔術か……。さすがはA級冒険者ティルト・ペーニャ。かなり高度な魔術だ）

「おいティルト⁉　お前まで、何を勝手なことをしている！」

ラインハルトさんは目くじらを立てて叱りつけたが、

「えー、いいじゃーん。なんか面白そうだしー」

ティルトさんはどこ吹く風といった様子である。

「くっ、この馬鹿共が……っ」

ラインハルトさんは、腰に差した剣を引き抜いた。

（あれは……断魔剣《だんまけん》ゴウラか）

あらゆる魔術を断ち斬るという、呪われた魔剣だ。

ここは本当に、凄い魔術や魔具が目白押しだな。

「起きろ、ゴウラ……！」

断魔剣が解放された次の瞬間、

「問題ない」

ドワイトさんが止めに入った。

「ドワイト⁉　何故止める⁉」

「我らが今願うべきは、ウルフィンの無事のみ。そして――よく見ておくんだぞ、パウエル？　あの時儂が助けなければ、お前はこうなっていたのだ」

「んー、ドワイトさんよぉ……。やっぱあんた、あのガキを高く評価し過ぎじゃねぇか？　酔いが覚めた今見ても、アルト・レイスはへっぽこ冒険者にしか映らねぇぞ……」

とにもかくにも――摸擬戦の場が整ったところで、俺とウルフィンさんは真っ直ぐ向き合う。

「――おいアルト、さっさと術式を展開しろ」

「……どういう意味でしょうか？」

「てめぇの無謀で愚かな蛮勇に敬意を表し、特別に一発だけ撃たせてやる」

彼は指を一本立てた後、凶悪な笑みを浮かべた。

「ただし――お前が展開できる魔術は、正真正銘その一発だけだ。それを撃ち終えたが最後、お前は俺の姿を見ることもなく、一瞬でお陀仏《だぶつ》。運がよければ、病院送りで済むが……。下手をすれば、上半身《うえ》と下半身《した》が泣き別れになるかもなァ？」

「そうですか。では、遠慮なく――」

俺はその脅しを軽く流し、『土』の手印を結んで召喚魔術を発動。

「……あっ、これ死んだわね」

「よもや、ここまでとは……ッ」

ステラとドワイトさんの呟きの直後、

「……は？」

遥か天空より『神話の古城ダモクレス』が落下し――ウルフィンさんを押し潰した。

✦

伝承召喚・神話の古城ダモクレス――。

遥か神代の頃、天空に浮遊していたとされる伝説の古城。

俺はそれをウルフィンさんの上空数千メートルの位置に召喚。

莫大な霊力を秘めたその大質量は、途轍もない落下エネルギーに後押しされ、オムレド広原に巨大なクレーターを刻み付けた。

（普通の相手なら、ほぼほぼこれで終わりなんだけど……）

相手はA級冒険者、油断は禁物だ。

どんな攻撃が来ても大丈夫なよう、万全の体勢を維持したまま、相手の動きを待つ。

すると――ダモクレスの残骸《ざんがい》から、満身創痍《まんしんそうい》のウルフィンさんが姿を見せた。

「まだ、だ……まだ、終わってねぇ、ぞ……ッ」

「さすがはA級冒険者ですね……」

さらに強力な召喚魔術を展開するため、新たな手印を結ぼうとしたその時、

「か、は……っ」

彼は鮮血を吐き出し、白目を剝いて倒れた。

どうやら、既に限界を超えていたようだ。

「A級のウルフィンさんが、たったの一撃で……!?」

「いや、『たったの一撃』ってレベルじゃねぇだろ……。今の大魔術はよ……っ」

「というかアレ……死んでねぇか？　ピクリとも動かねぇぞ……？」

「ど、ドワイトさん……。あんた、命の恩人だぁ……っ」

「パウエルよ……だから言ったであろう？　あの少年は化物だ、と。しかしまぁ、この儂の目をもってしても、ここまでとは見抜けんかったわ……っ」

大きなざわめきが起こる中、

「ティルト、回復魔術を急げ……！　大至急だ……！」

ラインハルトさんの緊迫した声が響き、

「もうやってる……！」

ティルトさんがすぐさま返答。

彼女は回復魔術にも精通しているらしく、ウルフィンさんの治療にあたった。

「どうだ、治せそうか!?」

「ウルフィンは狼《おおかみ》の獣人《じゅうじん》。明日の遠征に備えて、かなりの術式を体内に貯め込んでいたから、多分大丈夫だと思う……。だけどこれ、相当酷い状態だよ。全ての魔力と術式を防御に回して、それでもまったく間に合ってない。人一倍頑丈なこいつが、こんなボロボロになるなんて……。さっきの召喚魔術、冗談抜きでほんとに『ヤバイ』」

「……わかっている（馬鹿げた威力もそうだが、何より術式の構築が速過ぎる。複雑な詠唱・高位の儀式・強力な魔具の補助もなく、簡単な『土』の手印一つで、あの規模の大召喚を成立させるなど……あり得ん……ッ）」

だだっ広い草原に、ウルフィンさんの弱々しい呼吸音が響く。

（これは……ちょっとやり過ぎたかもしれないな）

ウルフィン・バロリオは『獣人』、体内に魔術を貯め込む特殊な種族。

彼がいったいどんな魔術をどれだけ蓄えているかもわからないあの状況において、下手な出し惜しみは危険――そう判断して、少し大きめの召喚魔術を発動したのだ。

（もしもウルフィンさんが瀕死《ひんし》の重傷を負った場合は、シャルティさんの息子の病気を治した時みたく、大精霊を呼び出すつもりだったとはいえ……）

それでもまぁ……『伝承召喚』を使うのは、少しやり過ぎだったかもしれない。

（ふぅー……。もうちょっと冷静にならないとな……）

ステラの禁忌《きんき》に触《ふ》れられたことで、俺の頭にも血が上っていたみたいだ。

（それにしても……どうしてウルフィンさんが、『アーノルド家』のことを知っていたんだろう……）

俺が不思議に思っていると、

「……アルト、その……ごめんなさい。私のためにやってくれたんだよね……」

ステラはとても申し訳なさそうな表情で、服の袖をギュッと握ってきた。

「いいや、君は何も悪くないよ。気にしないでくれ」

そう、ステラは本当に何も悪くない。

悪いのは、これほど大規模な遠征を『ちょっとした遠征』と評した校長先生。

人として、言っちゃ駄目なラインを踏み越えたウルフィンさん。

そして――ちょっぴりやり過ぎてしまった俺だ。

（しかし、完全に浮いてるな……）

それとなく周囲に目を向けると、

「「「……ッ」」」

誰も彼もがサッと目を逸らす。

あの優しいドワイトさんでさえ、明後日の方角を見つめて微動だにしない。

（なんか、悪目立ちしちゃったな……）

俺がため息をつくと同時、視界が大きく揺れた。

ティルトさんが転移系の魔術を発動し、地下の大教練場へ飛んだのだ。

どうやら、ウルフィンさんの治療は無事に終わったらしい。

すると――神妙な面持ちをしたラインハルトさんが、ティルトさんを引き連れて、スタスタとこちらへ歩いてきた。

「──アルトくん。君と少し話がしたい。今から、ちょっといいかな？」

「……はい……」

正直、とても帰りたかった。

✦

A級冒険者ギルド『銀牢』。その最上階にあるギルド長室へ、俺とステラは通された。

「うちのギルド長は、昔から体が弱くてね。今は僕が、代理でギルド長をやっているんだよ。──どうぞ、掛けてくれ」

ラインハルトさんに促され、俺とステラは来客用のソファに腰を下ろす。

その直後、ラインハルトさんは深く頭を下げた。

「先ほどは、うちのパーティメンバーのウルフィンが、大変な失礼を働いてしまった。アルトくん、ステラさん──本当にすまない」

「ごめんねー」

ティルトさんが右手を前に出し、軽めの謝罪を述べる。

「ティルト……お前はもっと反省しろ！」

「痛ぃ!?」

頭頂部に痛烈な一打をもらい、彼女は涙目でうずくまった。

「あの……こちらこそ、すみません。俺もちょっと頭に血が上って、やり過ぎてしまいました……」

明日はもう遠征本番だというのに……。

A級冒険者ウルフィン・バロリオという大戦力を潰してしまったのだ。

向こうから喧嘩を吹っ掛けてきたとはいえ……やっぱりちょっと心苦しいものがある。

「いや、アレは完全にウルフィンが悪い。君が謝る必要など、どこにもないさ」

ラインハルトさんは「本当に気にしないでくれ」と言った後、軽くコホンと咳払いをした。

「そういえば、まだ名前を名乗っていなかったね。改めまして――僕はラインハルト・オルーグ。ウルフィンやティルトと一緒に、パーティを組んでいる」

「あたしはティルト・ペーニャ、よろしくー」

ティルト・ペーニャ。

ちょっぴり外側にはねた、橙色《だいだいいろ》のショートヘア。

身長は百五十センチほど。おそらく年齢は、まだ二十歳を超えてないだろう。

どことなく、猫っぽい感じのする人だ。

「自分はアルト・レイスと申します。そしてこちらは――」

「ステラ・グローシアです。よろしくお願いします」

お互いに簡単な自己紹介を済ませたところで、ラインハルトさんの方から話を振ってきた。

「しかし、さっきの召喚魔術には、本当に驚かされたよ。一応ウルフィンは、うちのギルドでナンバー2の実力者。その彼を一撃で倒してしまうなんて……正直、恐れ入った。さすがはアルトくん。あのエルム老師をして、『百年の教師人生において、最強の召喚士だ』と言わしめるだけのことはある」

「ど、どうも……」

そんなに真っ正面から褒められると、なんだかむずがゆい気分になってしまう。

「さて、と……それではそろそろ『本題』へ入ろうか。──ティルト、あれを持って来てくれ」

「ほいほーい」

机の上に広げられたのは、信じられないほど複雑なダンジョンの地図だ。

「これまで僕たちは、合計七度の遠征を行い、なんとか第七層まで攻略してきた。前回はここ──第七地区に仮拠点を設置したところで、一度帰還することにしたんだ。それというのも、戦術目標である『大魔王の遺物』がいよいよ目前──」

「あの、それなんですけど……ちょっといいですか？」

どうしても聞き逃せない単語が登場したので、失礼を承知で「待った」を掛けさせてもらった。

「ん、どうかしたのかい？」

「さっきラインハルトさんが、冒険者に語り掛けていた時にも、出てきていたかと思うんですが……。『大魔王の遺物』って、あの大魔王が遺した物ってことですか？」

「もちろん。この世界で大魔王の名を冠す存在は、ただ一人──千年前、伝説の勇者によって滅ぼされた大魔王。この遠征の目的は、その遺物を奪取することだ」

「「……っ」」

俺とステラは、思わず息を呑む。

大魔王──それはかつて人類に絶望と厄災を振り撒《ま》いた『絶望』の名前だ。

海を割り、大地を砕き、空を汚し、人類を絶滅寸前まで追い込んだ、最低最悪の存在。

ただし、それも今となっては昔の話。

千年前、伝説の勇者パーティが力を合わせ、大魔王の討伐に成功。

しかし……大魔王は死の間際、世界に『呪い』を掛けた。

それが――ダンジョン。

絶えずモンスターを生み出し、人間たちに瘴気《しょうき》を振り撒く、大魔王の呪い。

伝説の勇者の死後、残された俺たちは、なんとかこの呪いを解く――すなわち世界中のダンジョンを攻略・破壊するため、冒険者として活動しているのだが……。

（大魔王の遺物の奪取って……っ。そんなのもはや『歴史に残る大遠征』じゃないか……ッ）

校長先生……情報の伝達は、もっと正確にお願いします。

「アルトくん、ステラさん……もしかしてその反応、老師から何も聞いていないのかい？」

ラインハルトさんは、恐る恐るといった風に問い掛けてきた。

「……はい。先生からは『ちょっとした遠征』とだけ……。詳しい話は、まったく何も聞かされていません」

「なるほど……『ちょっとした遠征』、か。実に、老師らしい表現だね」

ラインハルトさんは苦笑を浮かべた後、真剣な表情ではっきりと口にする。

「今回の遠征先は、伏魔殿《ふくまでん》ダラス。大魔王がこの世に遺したとされる五つの忌物《いぶつ》――そのうちの一つが眠るとされる、『超高難易度ダンジョン』だ」

どうやらこの遠征は、とんでもなくヤバイものだったようだ……。

✦

それから約十分間、ラインハルトさんは、明日の作戦について話してくれた。

当日は正午に大教練場へ集合。

ティルトさんの魔術を用いて、伏魔殿ダラスの第七地区へ転移。

第七地区を守護する冒険者たちと合流し、速やかに情報交換。

その後、第八層へ進軍。

第八層は、完全なる未知。

階層内の魔力が桁外れに濃いため、遠見の魔術師でも見通せない探知不可領域。

わかっているのはただ一つ、そこにはほぼ間違いなく——『大魔王の忌物』が存在するということ。

ただし、それがどんな状態にあるのかは不明。

忌物を守護するモンスターがいるのか。

それとも忌物自体がモンスターになっているのか。

はたまた忌物とは別のもっと恐ろしい『ナニカ』があるのか。

何一つとして——わからない。

なにせそこにあるブツは、世界を恐怖のどん底に叩き落とした、大魔王の忌物。

いったいどれほど恐ろしいモノなのか、皆目見当もつかないのだ。

とりあえずのところは、一時撤退も視野に入れつつ、慎重に探索を進めていくらしい。

「ここからが、大事な話なんだけど……。アルトくんとステラさんには、僕たち『A級冒険者』のみで構成された『第一陣』に加わってほしい」

「……え？」

「第一陣って、先陣を切る、ということですか……？」

「あぁ、そうだ。アルトくんの規格外の召喚魔術、『魔炎の剣姫』と称されるステラさんの剣術。二人の力があれば、あの呪われしダンジョンを――伏魔殿ダラスを攻略することも不可能ではない……！　大丈夫！　万が一の時は、ティルトの転移魔術を使って、真っ先に逃げてくれて構わない。だから、どうか……人類の平和のため、君たちの力を貸してほしい！」

ラインハルトさんは真っ直ぐな瞳で、必死に頼み込んできた。

その言葉には、ほんの僅かな邪気もなく、ほんの僅かな嘘もない。

全てが真実。

その誇り高き心と気高き意志は、まさに『A級』。

人類の希望たる『冒険者』にふさわしいものだった。

「――はい。俺なんかでよければ、協力させてください！」

「もちろん、私も同行させていただきます……！」

「そうか！　ありがとう！　本当にありがとう……！」

俺たちはがっしりと握手を交わし、より詳細な作戦を詰めていくのだった。

翌日。

俺とステラはA級ギルド銀牢へ向かった。

ギルドの奥にある受付で、自分たちの名前を伝えると……若い受付嬢たちが、小さな声で相談を始める。

「あ、アルト・レイス……⁉　この子、知ってる……滅茶苦茶ヤバイ冒険者よ……ッ」

「ヤバイって何が……？　別に普通の……どっちかって言うと、頼りなさげな子どもじゃない」

「馬鹿！　あなた、知らないの⁉　こう見えてこの子は、あの超怖いウルフィン・バロリオを半殺しにしたのよ！」

「うっそ⁉　こんなか細い子が、いったいどうやって……⁉」

「聞いた話によると……なんかとんでもなく高いところから、馬鹿でかい城を落としたらしいわ」

「えっ、何それ……全然意味がわからない……」

「とりあえず、絶対に怒らせちゃ駄目ってこと……！」

二人は互いに目配せした後、

「地下の大教練場へどうぞ～」

ニッコリとした営業スマイルで、優しく案内してくれた。

（……全部、聞こえてるんだよなぁ……）

何やらあらぬ噂が流れてしまい、怖がられているらしい。

（まぁ……今はそんなことよりも、今日の遠征に集中だ）

俺は頭をサッと切り替えて、ステラと共に地下へ続く階段を下りていく。

✦

大教練場。

そこの空気は、とにかく静かだった。

愛用の武器を整備する者、目を閉じて精神を整える者、それぞれが思い思いの方法で、戦いの準備を整えているのだ。

（ふぅー……。さすがにちょっと緊張するな）

手のひらに『野菜』と書いて、必死に食べていると――背後から声を掛けられた。

「――おい」

この粗暴な喋り方は、ウルフィンさんだ。

「……どうかしましたか？」

俺の問い掛けを無視し、彼はステラの前に足を進める。

「……何か？」

「なんつーか、その……昨日は……悪かったな」

信じられないことに、ウルフィンさんはバツの悪そうな表情で小さく頭を下げた。

「……え、っと？」

「熱くなって、くだらねぇことを口走しちまった。ただ……ステラが馬鹿にした『A級』・『B級』って違いは――俺にとっての『冒険者の階級』ってのは、どうしようもなく大切なもんなんだ。だがそれでも、昨日の発言は……よくねぇ。…………悪ぃ」

どこまでもぶっきらぼうな謝罪。

だけどそこには、真実の気持ちが込められていた。

「……こちらこそ、すみませんでした。あなたのことをよく知りもしないで、『A級という地位を鼻に掛け過ぎ』だなんて……ちょっと軽率な発言でした」

「気にすんな。先に喧嘩を吹っ掛けたのは、俺の方だ」

無事に二人の仲直りが済んだところで――ウルフィンさんが、こちらに向き直る。

「……アルト・レイス。てめぇにはでけぇ借りができたな」

「あ、あはは……。えーっと……なんというか、その……遠征には行かれるんですか？」

誤魔化し笑いをしながら、別の話に逃げようとしたその時。

「そりゃ寝てらんないでしょー！　格下と見た相手に、ボロ雑巾にされちゃったんだからさー。このまま遠征中、ぐっすりとおやすみなんかしてたら、それこそ『一生ものの大恥』になっちゃ――」

「――ティルトォ？　そのお喋りな口、三つに増やしてやろうかァ？」

「じょ、冗談冗談……！　いやだなぁ、怖い顔しちゃってぇー！　この怒りんぼめー！」

なんだかんだで、この二人の関係は良好なようだ。

「アルト・レイス……。はっきり言っておくが、俺はまだてめぇのことを認めたわけじゃねぇからな」

「はい」

「えっ、あれだけコテンパンにされたのに、まだ認めてないの⁉　それって逆に凄くない⁉」

「やっぱてめぇは、今ぶち殺す……！」

「ひぃー、また怒ったー⁉」

前言撤回。

ウルフィンさんとティルトさんの関係は、あまりよろしくないようだ。

そんなこんなをしているうちに、遠征の準備が整ったらしく……ラインハルトさんが舞台へ上がり、大きな声を張り上げた。

「冒険者諸君！　それではこれより、『第八次遠征』を開始する！　――ティルト！」

「ほいほーい、それじゃいくよー？」

ティルトさんが転移魔術を発動。

視界が大きくグラリと揺れ、次の瞬間には全く別の座標へ飛んだ。

暗く、冷たく、魔力と瘴気の漂う、血生臭い空間。

眼前に広がっていたのは、完全に崩壊した第七地区だった。

「い、いったい……何が……⁉」

唖然《あぜん》とする遠征メンバー。

その直後、

「え？」

パウエルさんの左腕が、鮮血と共に宙を舞った。

「あ、ぐ、がぁあああああああ!?」

痛々しい悲鳴が響く中、

「アルトくん、後ろだ……！」

ラインハルトさんが忠告を飛ばすよりも早く、武装召喚を展開——王鍵と殲剣をもって、迫り来るモンスターを迎撃。

「ハァ！」

「アグウェロ！」

研ぎ澄まされた刀身と鋭く尖《とが》った爪が交錯し、眩《まばゆ》い火花が咲く。

(直立二足歩行……珍しいな、人型のモンスターか)

白い皮膚に緑の斑模様《まだらもよう》。

目元は継ぎ接《は》ぎで閉じられており、口は異様に横へ広がっている。

爪の先から滴《したた》る半透明の液体は……おそらく毒だな。

とにもかくにも、こんなモンスターは、図鑑でも見たことがない。

「——アルトくん、君は近接もいけるのか？」

断魔剣ゴウラを携《たずさ》えたラインハルトさんが、右隣に並び立ちながら問い掛けてきた。

「いえ、護身術程度のもの——」

「——前衛職並にガンガンいけます」

俺の言葉を遮って、左隣のステラが即答。

「そうか、心強いな」

何故かそれに納得するラインハルトさん。

(召喚士は、後衛職の中の後衛職なんだけどな……)

そのあたりの誤解を解くのは、目の前の敵を倒してからにしようか。

そんなことを考えていると――モンスターの体の奥底から、どす黒い魔力が噴き出した。

「こいつ、魔術まで使えるのか……」

魔術を展開できる時点で、最低でも『Bランク以上』。

この魔力量からして、A級でもなんらおかしくはない。

「未知の術式……ッ。総員一時撤退……！」

ラインハルトさんの指示が飛び、冒険者たちが一斉に後退。

その間、

「アウ・グロ・ドス……！」

謎のモンスターは、見たこともない手印を高速で結んでいく。

未知の魔術を目にした時、冒険者が取るべき『正着《せいちゃく》の行動』は二つ。

一つ、大きく距離を取り、安全な間合いを確保すること。

これは単純に、敵の術式の範囲外へ避難するという、最もベーシックな方法だ。

そしてもう一つは――。

「悪いけど、こっちの方がちょっと速そうだね」

敵の術式が完成する前に――叩き潰す。

「武装×連続召喚・円環《えんかん》の光雨《こうう》」

刹那、眩い光の波紋が煌々と灯《とも》り、モンスターの上部を円状に包む。

これらの光は全て『砲台』。

射出する弾は、俺の保有する魔具。

「この術式は、アルトの『連続召喚』……!?　や、ば……みんな、伏せて……!」

ステラの警告が飛んだ直後――千を超える大量の魔具が一斉掃射され、耳をつんざく轟音が響き渡る。

「おいおい、おいおいおいおいおい!?　なんなんだこれは……!?」

「あいつの召喚魔術の規模は、いったいどうなってんだ……!?」

千と四十三発の魔具を射出したところで――謎のモンスターから、奇妙な魔力が発せられた。

「……アィ、ガ……」

「……!?」

俺はすぐさま武装×連続召喚をキャンセル。

土煙《つちけむり》が晴れるとそこには、瀕死のモンスターが横たわっていた。

ほとんど原形をとどめていないが……まだかろうじて息はある。

「魔術を使われる前に屠《ほふ》るとは……さすがだな、アルトくん（完全な後出し、かつ、発動に時間の掛かる召喚魔術で、A級クラスのモンスターを蜂の巣か……。普段は優しげな顔をしているが、戦闘時には一切の容赦がない。突然襲われた時の判断も、素早く的確なものだった。アルト・レイス……この子はいずれ、『特級』に届くかもしれないな……）」

「……ラインハルトさん。少し気になることがあるので、これと同種のモンスターがいた場合、殺さずに拘束するよう、冒険者のみなさんに伝えてもらえませんか？」

「……？　よくわからないが……いいだろう。『可能な限り捕獲するように』、ということでいいのかな？」

「はい、ありがとうございます。——おいで、夢魔《むま》の羊棺《ひつじひつぎ》」

『羊』の印を結べば、

「メェエエエ……！」

背中に棺を載せた可愛らしい羊が、大きな産声をあげる。

「よーしよしよし、ちょっとごめんな」

「メェー」

先ほど倒した謎のモンスターは、ひとまずこの子の棺に保存させてもらおう。

「これでよしっと。悪いんだけど、三時間ほど眠っててくれないかな？」

「メェエ」

羊棺は、静かに首を横へ振った。

「むっ、それじゃ……トロエの実、三日分でどうだ？」

「メェエエエ！」

とても嬉しそうな声をあげ、夢の中へ潜っていく羊棺。

相変わらず、現金な子だ。

（でもまぁこれで、とりあえずのところは安心だな）

羊棺が眠っている間、棺内部の時間は停止する。

つまり今から三時間は、あのモンスターを生きた状態で保存できるということだ。

「それから——武装召喚・王鍵シグルド」

念には念を。

万が一のことも考えて、伏魔殿ダグラスに王鍵を突き立てておいた。

俺が一人ごそごそとしている間、ラインハルトさんは新たな指示を飛ばす。

「ティルト。パウエル・ローマコットの腕を治してやってくれ」

「えー……。回復魔術は魔力の消費が激しいからパスー。あれぐらいなら、適当に唾とかつけてたら治るってー」

「切断された腕が、唾でくっつくわけないだろう……。いいからやってくれ。彼も貴重な戦力だ」

「ほいほーい……」

彼女は不承《ふしょう》不承《ふしょう》といった様子で、札を使った珍しい回復魔術を発動。

この様子だと、パウエルさんの左腕はなんとかなりそうだ。

（それにしても、酷い有様だな……）

踏み荒らされたキャンプ・派手に散らかった机と椅子・鋭い太刀傷の走った大地——第七地区に設置された仮拠点は、見るも無残な状態だ。

（でも、妙だな……）

これだけ乱暴に荒らされているというのに……どういうわけか、血痕が一つも見当たらない。

いったいここで、何があったというんだろうか……。

俺がなんとも言えない違和感を覚えていると、ラインハルトさんが大きく咳払いをした。

「──それではこれより、我ら第一陣は第七地区の異常を調査し、生存者の有無を確認する！

第二陣と第三陣は、ここで一時待機！　何かあった場合は、すぐに硝煙弾《しょうえんだん》で知らせてくれ！」

「「はいっ！」」

冒険者の力強い返答。

「──ウルフィン、アルトくん、ステラさん。僕に付いて来てくれ」

「おぅ」

「はい」

「わかりました」

こうして俺たちは、崩壊した第七地区へ足を向けるのだった。

ちなみに……後方支援型の魔術師であるティルトさんは、第二陣・第三陣のところで待機するそうだ。

✦

「──エヴァンズ！　クレア！　ハムストン！　いるなら返事をしてくれ！」

踏み荒らされた小道に、ラインハルトさんの大声が響く。

だが、待てど暮らせど、一向に返事はない。

「……おかしい」

渋面《しぶづら》のラインハルトさんが、ポツリとこぼす。

「どうかしましたか?」

「先ほど襲ってきたモンスターは、確かにA級相当の強敵だった。しかし、この第七地区には、エヴァンズ、クレア、ハムストン――三人の強力なA級冒険者を残していたんだ。彼らはいずれも、単独でA級モンスターを討伐した実績のある実力者ばかり。まさかあの一匹に、全員がやられたとは思えない……」

「なるほど……」

「……もしかしたら、まだ見ぬ強敵が潜んでいるのかもしれない。この先は、今までよりもさらに気を引き締めて進もう」

「はい」

その後、道なりにしばらく進んで行くと、第七地区の最奥に設置された『作戦本部』に到着した。

そこは魔術で建てられた簡易的な拠点。

術者の腕がいいのか、かなりしっかりとした造りだ。

「建物の内部は、死角が多い。敵の奇襲に備えてくれ」

ラインハルトさんが注意を発し、作戦本部に入ろうとしたところで――俺は「待った」を掛けつつ、『蛙《かわず》』の手印を結ぶ。

「あっ、ちょっと待ってください。おいで、伝々蝦蟇《でんでんがま》」

「グワァー……」

手のひらサイズの小さな蝦蟇は、お気に入りの場所へ――俺の頭の上にぴょんと跳び乗り、満足そうに「グワ」と一声。

「アルトくん、その召喚獣は……？」

「この子は、伝々蝦蟇。喉笛《のどぶえ》から特殊な魔力震《まりょくしん》を発して、その跳ね返りを頭部の感覚器でキャッチし、広範囲の索敵をしてくれる、とても凄い子なんです」

「ほう、それは便利だ。――しかし、凄いな。アルトくんは戦闘以外にも、こんなことまでできるのか……」

「いやまぁ……どちらかといえば、こういう仕事の方が本職ですから……」

召喚士はパーティにおける『支援職』。

隠密して偵察・不可知エリアの索敵・味方の強化といった『後方支援』が本来の役割であり、戦闘はあまり得意ではないのだが……まぁ今はいいだろう。

「それじゃ伝々蝦蟇、いつものやつをお願い」

彼女はコクリと頷き、自慢の喉笛を膨らませる。

「――グワァーグワァー」

独特の低音が響き渡り、特殊な魔力震が建物内に伝播《でんぱ》していく。

「……どうだった？」

「ゲココ」

「なるほど、魔力反応はなし、か。……いや、これは……？」

「ゲッコ」

「そういうことか……ありがとう。助かるよ」

「ゲコ」

伝々蝦蟇からの報告が終わると同時、

「えっと、何かわかったのかい？」

ラインハルトさんが、問い掛けてきた。

「はい。ここの地図はありますか？」

「あぁ、簡易的なものでよければ、これを使ってくれ」

「ありがとうございます」

受け取った地図を広げ、とある一点に指をさす。

「……ちょうどこのあたりで、極々僅かな霊力の乱れがあったみたいです。敵か味方かまではわかりませんが……間違いなく、何者かが潜伏しています」

「ここは……第三倉庫のあたりだな。――わかった。最大限の警戒を払いつつ、まずはそこへ行ってみるとしよう」

しばらく歩き、第三倉庫へ到着。

しかし、そこはもぬけの殻《から》だった。

「ちっ、なんだよ……。誰もいねぇじゃねぇか」

先ほどから歩いてばかりだったせいか、少し苛立った様子のウルフィンさんが、近くのゴミ箱を蹴り上げる。

「いえ……隠れているようですね」

「あぁ？　この狭い倉庫のどこに、隠れる場所なんてあんだよ？」

「伝々蝦蟇、ちょっと大きめのを頼めるかな？」

「グワ。スゥー……グゥワワワワァアアアア……！」

一際強い魔力震が発せられた次の瞬間、

「え……うわぁ!?」

戸棚の陰から、一人の青年が飛び出してきた。

陰の中に潜む特殊な魔術で、第三倉庫に隠れ潜んでいたようだが……伝々蝦蟇の強力な魔力震によって、術式が壊されてしまったのだ。

「て、てめぇ、どこに隠れていやがった!?」

犬歯を剝き出しにして、謎の青年の胸倉を掴むウルフィンさん。

「ひ、ひぃいいいい!?　頼む、殺さないでくれぇええええ……！」

青年は目尻に涙を浮かべながら、必死に命乞いをした。

「君は……ケイネス……？　ケイネス・トルステンか!?」

「ら、ラインハルト、さん……？」

黒髪の青年――ケイネスさんは、恐る恐るといった風に顔をあげる。

「やっぱりケイネスじゃないか！　よくぞ無事でいてくれた……！　ここでいったい何があった？　エヴァンズは、クレアは、ハムストンは――第七地区の冒険者は、どこへ消えたんだ!?」

矢継ぎ早に質問を受けたケイネスさんは、カタカタと震えながら足元を指さす。

「し、下……」

「『下』……?」

「下の……第六層から、『謎の男』が来て……。みんな、やられちゃったんだ……っ」

「「「なっ⁉」」」

全員、やられてしまった。

その衝撃的な情報に、空気がドッと重たくなる。

「アレは、あの化物は……強いなんてものじゃなかった。みんな、一瞬でやられてしまった……っ。今頃は多分、もう殺されてる……ッ」

「……『多分』というのは、どういうことだ……? 殺される瞬間は、はっきりと見ていないんだな?」

「……ごめん、なさい。僕、怖くて……っ。みんながやられていく中、陰に隠れちゃったんだ。……ごめん、なさい。ごめんなさい、ごめんなさい、ごめんなさい……っ」

ケイネスさんは大粒の涙を流しながら、謝罪の言葉を繰り返した。

仲間たちがやられていく中、一人だけ隠れてしまったことに、罪の意識を感じているようだ。

「そうか……。とにかく、ケイネスが無事で本当によかった。『恐ろしく強い何者かが、第七地区を壊滅させた』――よくぞこの大切な情報を伝えてくれた。君は、本当によくやった」

ラインハルトさんは、ケイネスさんを強く抱き締め、その背中を優しくポンと叩く。

その後、念のため作戦本部を一通り探索し、生存者がいないことを確認。

第二陣・第三陣と合流するため、第七地区の中央部へ戻った。

「――突如襲い掛かってきた未知のモンスター・第七地区を壊滅させた恐るべき強者・未《いま》だ謎

に包まれた第八層。このまま進軍を続けるには、不確定事項があまりにも多過ぎるな……」

現状を整理したラインハルトさんは、静かに目を伏せ――ゆっくりと立ち上がる。

「現時点をもって、第七地区から第一地区までの全ての仮拠点を廃棄！　第八次遠征を中止し、速やかに冒険者ギルドへ帰投《きとう》する！　――ティルト、大教練場へ飛ばしてくれ」

「『治せ』だ、『飛ばせ』だ、人遣いが荒いなぁーもう……」

ティルトさんはぶーぶーっと文句を口にしながら、三枚のお札を取り出した。

それらはボッと燃え上がり、転移術式が発動。

転移時特有の視界の揺れが――起こらなかった。

そもそもの話、俺たちはまだ第七地区にいる。

「……あー、これ……ちょっとマズいかも……」

頬をポリポリと掻き、冷や汗を流すティルトさん。

「ティルト……？　どうしたんだ？」

「えっと、落ち着いて聞いてほしいんだけどー……。転移魔術、なんか使えないっぽい」

「んなっ⁉　転移魔術が使えないとは、いったいどういうことだ⁉」

「そ、そんな怖い顔しないでよ！　あたしだって、わけわかんないもん……！」

周囲が騒然となる中、最年長のドワイトさんがゆっくりと口を開く。

「このダンジョン全体に、なんらかの『結界術』が張られているのだろう。『来るもの拒まず、去るもの許さず』――まるでネズミ捕りのような術式だな」

「結界術……。どうにかして、解く方法はないのでしょうか？」

ラインハルトさんの問いに対し、ドワイトさんは静かに首を横へ振る。

「結界術を解く方法は、大きく分けて三つ。術者を叩くか、術式の起点を潰すか、術式そのものを壊すか。今のところ、術者の位置は特定できず、術式の起点も不明なうえ、術式の全容すら摑めていない。この状況下において、敵の結界術を解くのは至難の業《わざ》だ」

「それでは第一層まで下りていくというのは、どうでしょうか……？」

ステラの案に対し、ティルトさんはブンブンと首を横へ振る。

「む、無理無理無理……！　第七層から第一層まで、いったい何日掛かると思ってるの!?　魔力も精神力も物資も、何もかもが足んないよ！」

脳裏をよぎったのは、昨日見せてもらった複雑極まりないダンジョンの地図。

（俺たちのいる第七層から第一層までは、相当長い距離を行かなければならない）

それに、ケイネスさんの話によれば……第七地区を潰した謎の男は『下』――第六層から現れたらしい。

おそらくは第六地区以下の仮拠点も、ここと同じように潰されているだろう。

つまり、途中での補給は不可。

そのうえ道中には、A級クラスのモンスターが潜んでいるときた。

やはりここから第一層へ下るのは、あまり現実的な話じゃない。

「……進むしかない、か」

ラインハルトさんの呟きに、俺たちは静かに頷いた。

第七地区からしばらく北方へ歩くと、第八層へ続く階段を発見。

「――ここから先は、前人未到の第八層。何が起こるのかまったくわからない、完全に未知の領域だ。みんな、くれぐれも用心してくれ」

長い長い階段を上っていき――第八層に到着。

（……っ。これは中々に強烈だな……ッ）

重苦しい魔力とむせ返るような瘴気のにおい。

おそらくはこの階層の果てに、大魔王の忌物があるのだろう。

遠征メンバー全員が顔を顰《しか》めていると、前方から複数のモンスターが現れた。

「タゴ！」

「スログ！」

「ケジ！」

「テテレ！」

四足歩行の人型モンスターだ。

歩き方にこそ違いはあれど、先ほど襲い掛かってきた個体と非常によく似た特徴を持っている。

「殺すんじゃないぞ！　可能な限り、行動不能にするんだ！」

迫り来る謎のモンスターを斬り伏せながら、ラインハルトさんは全体に再周知《さいしゅうち》を行う。

「ちっ、面倒くせぇな……！」

ウルフィンさんは舌打ちを鳴らしつつも、ちゃんとその指示に従っていた。

「あたし、戦闘は苦手なんだけどなー」

ティルトさんは苦い顔をしつつも、お札を使用したトリッキーな魔術で、次々に敵を沈めていく。

さすがはA級冒険者パーティ、基本的な戦闘能力がずば抜けて高い。

第一陣が撃ち漏らしたモンスターたちも、後続の第二陣・第三陣——優秀なB級冒険者たちが、素早く行動不能にしていってくれた。

「……さっきからよぉ、どうしてこの不気味なモンスターを殺さないんだ？」

「なんか聞いた話によれば、アルトさんが『殺さず拘束してくれ』って言ってたらしいぜ」

「もしかして……召喚獣として使役するつもりなのかな……？」

「うへぇ……あの人ならやりかねないな……っ」

モンスターを蹴散らしながら、魔力と瘴気の濃い方へ進んでいくことしばし——。

前方に、いかにもな扉を捉えた。

「はっ。こりゃわかりやすくていい、なッ！」

ウルフィンさんは、荒々しく扉を蹴破る。

「「……っ」」

おどろおどろしい魔力が吹き荒れた後——視界がパッと開けた。

そこは玉座の間だ。

敷き詰められた赤い絨毯《じゅうたん》。

天蓋からぶら下がったシャンデリア。

そして——部屋の中央に置かれた豪奢な玉座。

（……間違いない。アレが、大魔王の忌物だ……っ）

玉座に載せられていたのは――『心臓』。

それは圧倒的な存在感と暴力的な生命力を放ち、そして何より――力強い鼓動を刻んでいた。

あれはまだ、生きているのだ。

異様な光景に全員が息を呑む中――部屋の奥の暗がりから、カツカツという規則的な足音が響く。

「おやおや……。何やら騒がしいと思えば、お客様がいらしていたのですね」

背の高い男は、玉座の前に立ち、こちらを見下ろした。

「はじめまして、私は復魔十使《ふくまじゅうし》が一人レグルス・ロッド。以後、お見知りおきを」

レグルス・ロッド。

紫紺《しこん》の髪をたなびかせた、不気味な男だ。

身長は百九十センチほど、外見上の年齢は二十代半ば。

整った目鼻立ち・血の気を感じない白の肌・体の線は細い。

身に纏った衣装はまるでバラバラ。そこらに捨ててあった着物を無理くり繋ぎ合わせたかのような、ひどく統一感のないものだ。

彼は芝居がかった動きで礼をし、品定めするような目をこちらへ向けた。

「……っ」

目と目が合ったその瞬間、背中に冷たいものが走る。

（あいつは……ヤバイ）

さっき戦ったＡ級なんて比較対象にすらない。

おそらくは『欄外《らんがい》』――『特級』という位置に坐《ざ》す、化物だ。

「これはこれは、ご丁寧な自己紹介、どうもありがとう。僕はラインハルト・オルーグ。――レグルス、君がさっき言っていた『復魔十使』って、いったいなんなのかな？　もしよかったら、教えてくれないかい？」

ラインハルトさんは努《つと》めて冷静に、情報収集を図《はか》った。

これだけのイレギュラーに囲まれながら、この落ち着き具合……さすがはA級冒険者だ。

「復魔十使は、崇高なる目的のために集った同志《どうし》。それ以上でもそれ以下でもありません」

「崇高なる目的……？」

「ええ。我々の望みはただ一つ、大魔王様の完全復活です」

「「なっ!?」」

その信じられない発言に、俺たちは言葉を失った。

千年前に失われた命を蘇《よみがえ》らせるなんて、常識的に考えて不可能だ。

「――千年。言葉にすると一瞬ですが、本当に……本当に永《なが》かった。私たちはずっと待ち続けてきたのです。この時を、この年を、この瞬間を……！」

レグルスは両手を大きく広げ、玉座の周りをゆっくりと練り歩きながら、意味深な言葉を口にした。

「今は『大儀式』の準備中。これを成立させるためには、大魔王様に所縁《ゆかり》のあるモノが、とにかくたくさん必要なのです」

「それが……大魔王の忌物ということかい？」

「その通り。どうです？　美しいでしょう？　彼の御方の心臓は……！」

レグルスはだらだらと涎《よだれ》を垂らしながら、うっとりとした目で玉座の心臓を見つめる。

「……まぁ美的感覚というのは、人それぞれだからね。後、もう一つ聞きたいことがあるんだけど……いいかな？」

「ええ、どうぞ」

「──第七地区をやったのは……君かい？」

「第七地区……？　あぁー、あの小綺麗《こぎれい》な住居ですか。はい。私が潰しましたよ。……いやでも、あれは心が痛みましたねぇ……。あんなに整った建築物を壊してしまうなんて……。冒険者のみなさんが無駄に暴れることさえなければ、綺麗な状態で保存できたというのに……。あぁ、もったいないもったいない……っ」

レグルスは隠し立てをすることなく、あけすけに全てを語った。

「……そう、か……。死体が一つも見つからなかったんだけど、もしかしてまだ生かしてくれているのかな？」

「ええ、もちろんです。私、この世で一番『無駄』というものが嫌いでしてね。『命』という尊《とうと》き輝き、どうして粗末にすることができましょうか」

「……無駄だとは思うけど、一応お願いしておこうかな。彼らを返してくれないかい？」

すると──。

「え？　倒してきたんじゃないですか？」

レグルスはきょとんとした表情で、軽く小首を傾げた。

そこには微塵の悪意もなく、ただただ不思議という感情のみが浮かんでいる。

そしてその回答《こたえ》は――俺が最も聞きたくなかったものだ。

「『倒してきた』……？　いったいどういうことかな？」

「ほら、道中にたくさんいたでしょう？　私の失敗作が」

「……道中、失敗作……。まさか……⁉」

俺は静かに歯を食い縛る。

最悪の予想が、的中してしまったのだ。

「あはは、気付かなかったんですか？　そこらへんをたむろしていた腐り掛けのモンスター。あれは全部、元冒険者――あなたたちの大切なお仲間ですよ？」

「「「……ッ」」」

その瞬間、全員に激震が走った。

「私の『固有魔術』は、かなり特殊な能力でしてね。『命の受け渡し』ができるんですよ。もともとこれは、石や花といった非生物に命を与えて、いろいろ楽しく遊ぶものなんですけど……。最近になって、生物へも応用できるようになりましてね。これがまた、とても面白い反応を見せてくれるんです。――ほら、出ておいで」

レグルスがパチンと指を鳴らせば、部屋の奥から二体のモンスターが姿を現した。

二足歩行の人型モンスター、第七地区で討伐した個体とほとんどまったく一緒だ。

「昨日逃げ出しちゃったのが、エヴァンズくんだったから……。こっちがクレアちゃんで、こっちがハムストンくん……。あれ、逆だったかなぁ……？　あはは、すみませんね。私、人間の顔と名前を覚えるのが、ちょっと苦手でして」

エヴァンズ、クレア、ハムストン。

その名前は、第七地区を守護していた、A級冒険者の名前だ。

「さぁさぁ、クレアちゃん、ハムストンくん！　お仲間が助けに来てくれましたよー？　ほら、ちゃんと挨拶をして？」

レグルスがパンパンと手を叩けば、

「……ライ、ハルト……スマ、ナイ……」

「オネ、ガイ……タス、ケ……テ……」

ほとんどモンスターと成り果てた二人が、ポロポロと涙を流しながら助けを求めた。

「あはは、よくできましたー！　凄いと思いませんか、これ？　自我を残したまま、どこまでモンスター化できるかの実験なんです！」

レグルスは無邪気な笑顔を浮かべ、そのおぞましい改造手法を嬉々《きき》として語る。

「まずはその辺にいる適当なモンスターの命を吸い出して、それを生きた人間へ注入、二つの命をギュギュッと融合！　そうするとあら不思議！　人間とモンスターの特性を兼ね備えた『モンスター人間』のできあがり！　いやぁそれにしても、A級冒険者の体はやっぱり丈夫ですね！　B級で試してたら、どれもすぐに壊れちゃって……。ほら、第八層の周りにたくさんいたでしょう？　四足歩行でうろちょろしている変な生き物が」

もう、頭が沸騰するかと思った。

（こいつは……人の命や尊厳を、いったいなんだと思っているんだ……ッ）

この最低最悪の男は、絶対に許しちゃいけない。

「レグ、ルス……貴様という男は……ッ」

ラインハルトさんは断魔剣ゴウラを解放し、凄まじい速度で斬り掛かる。

「断《だん》の型・五の太刀――五行破刃《ごぎょうはじん》ッ！」

彼の放った鋭い斬撃は、不可視の壁に阻まれてしまった。

あれは……結界術だ。

「な、何故だ⁉　断魔剣ゴウラならば、結界術など容易《たやす》く斬れるはず……っ」

「ぷっ……あっはっはっはっはっ！　残念でしたァ！　こう見えて私、結界術の心得《こころえ》がありましてねぇ！　『断魔』系統の対策は、もう完璧なんですよぉー！　これを壊すには、あなた如《ごと》きの出力じゃ、全然足りませ――」

「――レグルス、お前もう、ちょっと黙れ」

刹那、『翼』と『力』の手印を結ぶ。

「偶像《ぐうぞう》召喚・比翼神《ひよくしん》アゴラ」

「え……ぱがら⁉」

俺の呼び出した召喚獣は、レグルスの結界術を木っ端微塵に叩き潰し、そのムカつく顔面に強烈な一撃をぶち込んだ。

偶像召喚は、人々の信仰から生まれた偶像を魔力によって構築し、この世界に実体として生み出す召喚魔術。

半神半鳥《はんしんはんちょう》の偶像――比翼神アゴラの右ストレートを食らったレグルスは、凄まじい速度で吹き飛び、遥か後方の壁に全身を打ち付けて、ゆっくりとズリ落ちた。

「……君、何者……？」

口元の血を拭《ぬぐ》いながら、奴はゆっくりと立ち上がる。

「アルト・レイス、ただのＤ級冒険者ですよ（『結界術』という緩衝材《かんしょうざい》があったとはいえ、アゴラの一撃を食らって、すぐに立ち上がってくるのか……見た目よりも、かなり頑丈だな）」

「あはは、バレバレの嘘はやめてくださいよ。さすがにその魔力で、『Ｄ級』はあり得ない。リストに載っていなかったことから判断して……『未登録の特級冒険者』、ですかね？」

レグルスがわけのわからないことを言っている間にも、アゴラへ大量の魔力を供給する。

「アゴラ——破城翼撃《はじょうよくげき》」

「ガゥル！」

膨大な魔力を身に纏ったアゴラが、音速を超えてレグルスのもとへ突き進む。

「うわぁ、とんでもない魔力の籠った一撃ですね。ただ——神螺転生《しんらてんせい》」

アゴラの翼とレグルスの右手が激突したその瞬間、

「アグ、ォ……ガ⁉」

アゴラの体が急激に膨張し、まるで風船のように弾け飛んだ。

「この程度じゃ、復魔十使は倒せませんよ？」

「……やりますね」

比翼神アゴラが、一撃でやられてしまうなんて……。

（神螺転生、『命』に干渉する能力か……。今のはおそらく、アゴラの生命力を体内で暴走させ、自爆させたんだろう。そして……破城翼撃をわざわざ右手で受けたことからみて、術式の有効範囲は掌、もしくはその周辺のみ。右手だけじゃなく、左手でも同じ力を使えると考えるのが自然だな）

敵の術式を分析していると、

「——アルトくんって、召喚士なんでしょう？　接近戦、大丈夫ですか？」

レグルスが、一足で間合いを詰めてきた。

（速い⁉）

目と鼻の先、触れれば即死の魔手《ましゅ》が迫る。

「——武装召喚・双雷刃《そうらいじん》ゼノ！」

迅雷《じんらい》を帯びた双剣を召喚。

眼前《がんぜん》の魔手を斬り上げ——そのままの勢いで、レグルスの胴体に太刀傷を刻む。

「〜〜ッ⁉」

けたたましい放電《スパーク》の音が鳴り響き、奴の体に強烈な雷《いかづち》が駆け抜ける。

「神螺、転生……ぷはぁ！　いやぁ、驚きました。アルトくん、近距離もイケる口なんですねぇ」

「高速再生？　いやこれは……『命のストック』か」

「おやおや、まさか初見で見抜かれるとは……。あなた、けっこう面倒くさそうですね」

レグルスは日頃から神螺転生で、自分の命を抽出し、それを常時ストック——今みたく大きなダメージを負った際に使うことで、疑似的な高速再生を可能にしているのだ。

つまり奴を倒すには、ストックされた全ての命を削り切るか、一撃で仕留めなければならない。

（……厄介だな）

やはりレグルスは、特級クラスの強敵だ。

「しかし、驚かされました。近・中・遠、『オールレンジタイプ』の召喚士なんて本当に珍しい。……なんだか私、胸がドキドキしてきちゃいましたよ。——神螺転生！」

レグルスが足元の絨毯に触れた直後——命を授《さず》かった幾千幾万もの赤い繊維が、途轍もない速度で殺到してくる。

（攻撃範囲がデタラメに広い……っ）

普通の召喚じゃ、捌《さば》き切ることは難しそうだ。

「——現象召喚《げんしょうしょうかん》・麒麟《きりん》の息吹《いぶき》」

麒麟の息吹は、雲雷山の頂上で、百年に一度だけ発生する『大嵐』。

俺はその天災を小さく圧縮し、レグルスに向けて解き放つ。

「これは強烈……っ」

吹き荒ぶ烈風は、全ての赤い繊維を蹴散らし、その先にある奴の体を切り刻む。

だがしかし——レグルスはすぐにその特異な術式を発動させ、コンマ数秒のうちに全快《ぜんかい》。

「うーん……真っ向勝負じゃ、ちょっとばかし分が悪そうですね。少し趣向を変えて、こういうのはどうでしょう？」

奴はモンスター化した冒険者の体を鷲掴みにし、凄まじい勢いでこちらへ投げ付けた。

（くそ、なんてことをするんだ……っ）

召喚で迎撃すれば、冒険者を殺してしまう。

だからと言って回避すれば、彼らは勢いよくダンジョンの外壁に激突し、そのまま命を落としかねない。

「来てくれ、耳網兎《みみあみうさぎ》！」

「きゃる！」

俺の召喚に応じて、巨大な耳を持つ五羽の兎が現界。

彼らは自慢の耳網を器用に扱い、冒険者たちを全員回収してくれた。

しかし次の瞬間、

「――その優しさは、アルトくんの弱点ですねぇ？」

レグルスの満面の笑みが、視界を埋め尽くす。

「神螺転生！」

『即死の魔手』が、容赦なく伸ばされる。

「――簡易召喚・スライム！」

限界ギリギリまで引き延ばした状態のスライムを、自分の背中と後方の扉に接着《せっちゃく》。

「縮め！」

「ぴゅぃいいいいいい……！」

スライムの伸縮性を利用して、なんとかその場から緊急脱出を図る。

「おっと、逃がしませんよォ！　――神螺転生！」

レグルスは壁の煉瓦《れんが》に命を吹き込み、生きた瓦礫《がれき》へ変換。

それをそのまま、一気にこちらへ解き放つ。

「雷の型・四の太刀――紫電！」

双雷刃ゼノを振るい、なんとか迎撃していくが……。

「痛《い》……っ」

空中での完璧な迎撃は難しく、右肩と左足に食らってしまった。

「アルト……!?」

「大丈夫、軽く掠《かす》めただけだ」

心配してくれたステラを安心させ、すぐに戦線へ戻る。

「いやぁ、今のはさすがに決まったと思ったんですが……。まったく、召喚士は本当にやりにくい。特にアルトくんクラスの術師となると、まるで奇術師とやっているみたいだ。でも……召喚魔術というのは、普通の魔術に比べて、膨大な魔力を消費する。どうです？　そろそろ疲れてきたんじゃないですか？」

「いいえ、まだまだこれからですよ」

「それはそれは、素晴らしい魔力量をお持ちだ（偶像・武装・現象召喚……既にかなりの魔力を使っているはずですが……ブラフを言っているようには見えない。残存魔力にまだかなりの余裕があるのは、おそらく本当なのでしょうね。……魔力切れを狙うのは、あまり現実的ではないかもしれません。少し、削り方を変えてみましょうか）」

レグルスはしばしの沈黙の後、両手を大きく広げた。

「さぁさぁ、みなさんお立合い！　この私レグルス・ロッドが夜なべをしつつ、精魂込めて作り上げた『意欲作』を……一挙大公開！　――神螺転生！」

玉座の間の床がゆっくりと持ち上がり、ぽっかりと空いた空洞から四足歩行の――『例のモンスター』が姿を見せた。

「モイ……！」

「ヴタ」

「イイ」

「ヤヨ」

『真実』を知った今、その姿はあまりにも痛ましく……。

「「「……っ」」」

俺たちはみんな、思わず目を背けてしまいそうになる。

(だけど、これはいったいどういうことだ……？)

驚くべきことに、モンスターの総数は軽く百を超えていた。

「ラインハルトさん。第七地区には、あんなにも大勢の冒険者がいたんですか……？」

俺の問い掛けに対し、彼は悔しそうに下唇を嚙む。

「いや、そうじゃない。彼らは……第一地区から第六地区の守護を任せたB級冒険者たちだ……ッ」

やはり第一～第六地区の拠点は、レグルスによって潰されてしまったようだ。

すると――ティルトさんが突然、その場でペタンと座り込む。

「どうした、ティルト!?」

「あ、あのブローチ……。マシュの誕生日に、あたしがあげたやつだ……。こんなの……嘘だよね……？　みんな、ちゃんと助かるよ、ね……？」

彼女の視線の先には四足歩行のモンスターがおり、よくよくその首元を注視すれば、確かに緋色《ひいろ》のブローチが確認できた。

「おや、お知り合いでもいましたか？　お望みであれば、近くまで呼んで差し上げますよ？」

無邪気な顔・無神経な発言・無遠慮な姿勢――レグルスの全てが、こちらの神経を逆撫《さかな》でしてくる。

「――みんな、よく聞いてくれ！　王都の優秀な回復術師であれば、モンスター化した仲間たちも、きっと元の姿に戻せるはずだ！　だから、絶対に殺すな！　適度なダメージを与えて、四肢《しし》を拘束するんだ！」

ラインハルトさんの指示に対し、レグルスは茶化《ちゃか》したような拍手を送る。

「嗚呼《ああ》、こんな醜い状態になっても、まだ仲間と言えるだなんて……あなたたちは、本当にお優しいんですね！　人間と人間の美しい絆《きずな》……私、涙を堪え切れません……っ」

奴はわざとらしく「およよよ」と涙を拭った後、会心の笑みを浮かべた。

「ですが残念。モンスター人間は、もう二度と元の体に戻りません！　彼らはもう人間でもなければ、モンスターでもない……全く新しい生命体！　これは『絶対不可逆の変化』であり、最高位の回復魔術を使ったとしても、絶対に治すことはできません！」

みんなの希望を叩き折る非情な言葉が、朗々《ろうろう》と紡《つむ》がれる。

「レグルス、お前……！」

「いやだなぁ、アルトさん、そんな顔をされたら怖いですよ？（ふふっ、いい感じだ。この子は自分よりも、仲間を傷付けられた時に激怒する。――感情が揺らげば、魔力が揺らぎ、魔力が揺らげば術式が揺らぐ。この調子で、どんどん削りを入れていきましょうか！）」

レグルスはニヤニヤといやらしい笑みを浮かべながら、パンパンと手を打ち鳴らした。

「クレアちゃん、ハムストンくん！　あなたたちも、お仕事ですよー！」

今までずっと部屋の奥で控えていた二足歩行のモンスターが、ユラリとこちらへ歩き出す。

（これは……マズいぞ）

Ａ級冒険者を素《もと》にしたこの二人は、他とは比べものにならないぐらいスペックが高い。

（モンスター化したＡ級冒険者二人にＢ級冒険者約百人。そのうえ、『即死攻撃』を持つレグルス……っ）

この状況は、かなりヤバイ。

「さぁさぁそれでは、第二ラウンドの始まりで――」

「――愚か者め、無駄に時間を掛け過ぎだ！　傀儡人術・縛ッ！」

ドワイトさんが右手を床に下ろした瞬間、複雑な術式が玉座の間に広がり、

「「「ア、グ……!?」」」

モンスターと化した冒険者たちが、全員ピタリと足を止めた。

「……これは……？」

「レグルス。貴様の神螺転生の構造を解析し、その操作能力に制限を加える魔術を即興《そっきょう》で組ませてもらった。腐っても、『元Ａ級のドワイト・ダンベル』！　同じ操作系統の術者に後《おく》れは取らぬぞ……！」

「あらあら即興で……それはまた、器用なことをしますねぇ（あの老いぼれ冒険者、ちょっと面倒くさいかもですね……。だだまぁ、一番厄介なのは間違いなく――アルトくんだ）」

「伝承召喚・絶海《ぜっかい》の大瀑布《だいばくふ》！」

「～～ッ。（この子一人だけ、完全に出力が桁違いなんですよねぇ……っ。一撃一撃が、尋常じゃなく重い……ッ）」

「偶像召喚・幻神《げんしん》アグノム！」

「これまた強烈……ッ（単純な魔力量だけなら、既に特級冒険者の中でも上位クラス。そのうえ、まったく底を見せてくれない……。アルト・レイス、この子はいずれ大魔王様に届き得《う》るかもしれない……ッ）」

「武装召喚・大断剣《だいだんけん》！」

「ほんっと容赦がない……ッ（しかし、現在はまだ十代の未成熟者《こども》！　成長し切っていない今の彼ならば、私でも十分に殺《や》れる……！）」

三連続の大きな召喚魔術を食らったせいか、レグルスの回復に僅かな遅れが見えた。

敵の能力は、ほとんど割れた。

対処に困るモンスター化した冒険者たちは、ドワイトさんが止めてくれている。

今が、千載一遇の好機《チャンス》……！

「みなさん、これから一気に畳み掛けます！　俺の召喚に合わせてください……！」

『霊』の手印を結び、いつもより多量の魔力を練り込んで――召喚魔術を展開。

「力を貸してくれ、セイレーン……！」

「オォオオオオオオオ……！」

清浄な魔力を纏った深海の精霊は、どこまでも透き通るような声で歌う。

「これは……なるほど、そういう召喚獣か……！」

いち早くラインハルトさんが頷き、他のみんなもすぐに納得の表情を浮かべる。

さすがは歴戦の冒険者たちというべきか。

セイレーンの能力をすぐに理解した彼らは、レグルスを目指して一直線に突き進む。

「おや……まだわかりませんかねぇ？　あなたたち如きの出力では、私の結界術は破れな……

待て、この魔力は……!?」

「今更気付いても、もう遅い……！」

レグルスの展開した結界は、断魔剣ゴウラによって、いとも容易く斬り裂かれた。

「よくもやってくれましたね、アルト・レイス……ッ」

深海の精霊セイレーンに、直接的な戦闘能力はない。

ただ、彼女の奏でる歌には、特殊な術式が込められており……その美声を耳にした味方の能力は、全て極大強化されるのだ。

「ちょ、っと……これは、マズいですよ……ッ!?」

レグルスは苦し紛れに二重の結界術を展開。

なんとかこの窮地《きゅうち》を凌《しの》ごうとしたが……無駄だ。

セイレーンのバフで強化されたみんなの攻撃が、容赦なく奴の身を斬り裂いていく。

「……が、は……ッ」

レグルスは床に身を投げ出し、荒々しい息を吐く。

(今だ！　神螺転生で再生される前に、ここで仕留める……！)

俺が『破《は》』の手印を結んだ次の瞬間――血濡《まみ》れのレグルスが、ゆっくりと両手を合わせた。

「あーぁ……。これはとても疲れるので、あまり使いたくはなかったんですが……。ここまで追い詰められては、仕方ありませんよねぇ……？」

背筋の凍るような殺気と異常なまでの大魔力が吹き荒れる。

「この感覚は、まさか……!?　みんな、この場を離れ――」

ラインハルトさんの忠告が響く直前、

「――幻想召喚《げんそうしょうかん》・命々流転郷《めいめいるてんきょう》！」

紅《あか》い彼岸花《ひがんばな》が、世界を埋め尽くしていく。

「――冒険者のみなさん。無駄な努力、ご苦労さまでした」

レグルスは余裕に満ちた表情で、勝ち名乗りをあげる。

(しまった……最悪だ……っ)

幻想召喚――それは自らの固有魔術を現実世界に描き出し、浮世《うきよ》の理《ことわり》を歪《ゆが》める奥義。

(命々流転郷の内部では、俺の召喚はもちろんのこと、みんなの魔術も全て封じられ……。レグルスの神螺転生だけが正しく機能する……っ)

場を制し・魔術を制し・戦いを制す、それが幻想召喚の真髄。

(これに対抗するには、こちらもなんらかの『幻想魔術』を使い、相手と同じ舞台に立つしかない……)

しかし、幻想魔術を会得した人間は、世界でも僅か十人程度しか観測されておらず、彼らはみんな『特級冒険者』。

レグルスに命々流転郷を使われた時点で、俺たちに勝ち目はない。

ただしそれは――奴の生み出す幻想空間が、きちんと完成していた場合の話だ。

「……何故、閉じないのです……？」

現実世界と幻想空間の狭間――俺はそこで、ありったけの魔力を燃やす。

「まだ、だ……！」

莫大な魔力を燃焼させ、なんの魔術的要素も持たない『仮想の幻想空間』を無理矢理に構築――命々流転郷の完成を強引に食い止めたのだ。

「こ、の、化物め……っ。ただの魔力だけで、幻想召喚に張り合うつもりですか……⁉」

レグルスは驚愕に目を見開く。

（はぁはぁ……。さすがにこの状態は……かなりキツイな……ッ。だけど、俺がここで落ちたら、ステラやラインハルトさん……冒険者のみなさんが、全員殺されてしまう……っ。とにかく今は絞り出せ。魔力を……限界を超えて……！）

俺が死ぬ気で魔力を放出し続けていると、ラインハルトさんがその横に並んだ。

「感謝するぞ、アルトくん。君のおかげで、なんとか首の皮一枚繋がった。後は我々が、逆転の一手を考え――」

「――『逆転の布石』なら、もう打ってあります……っ」

「ほ、本当か⁉」

「ええ、楔《くさび》、は……第七地区に突き立てておいた『王鍵』。はぁはぁ……触媒《しょくばい》は、この部屋の四隅に飛ばした俺の血。下準備は、既に完成しています……ッ」

「……さすがだ（アルト・レイス、この子はいったい何手先まで考えているんだ……⁉）」

「ですから……五秒、いえ、三秒だけで構いません。なんとかして、レグルスの集中を妨害し、『幻想空間の拡張』を止めてください。三秒あれば、アレを召喚できる……反撃の目処《めど》が、立つ……！」

「あぁ、任せてくれ……！」

ラインハルトさんは力強く頷き、耳をつんざく大声を張り上げた。

「総員、全魔力を解放し、レグルスに突撃せよ！　出し惜しみは一切不要！　『後』のことなど考えるな！　この攻撃が、生涯最期の魔術だと思え……！」

「「うぉおおおおおおお……！」」

地鳴りのような雄叫びが鳴り響き、最終攻撃が始まった。

「魔炎覇弾……！」

「断の型・奥の太刀——神閃ッ！」

「人狼剛術——激甚灰堰掌《げきじんはいせきしょう》！」

ステラ・ラインハルトさん・ウルフィンさん・冒険者全員が一丸となって、持てる全ての魔力を込めた総攻撃を敢行《かんこう》する。

「ちょこざい、な……ッ。——神螺転生！」

苛烈な猛攻を受けたレグルスは、たまらず術式を発動させた。

その瞬間、幻想空間の拡張がピタリと止まる。

（来た……！　正真正銘、これが最後のチャンス……！）

一秒……。

王鍵との接続を確立。

玉座の間に描《えが》いた召喚術式へ魔力を充塡《じゅうてん》。

二秒……。

召喚獣との経路《パス》を構築。

後は、手印さえ結べれば……！

三──。

「──残念でしたァ！」

次の瞬間、紅い彼岸花が満開に咲き誇り、世界が閉じられてしまった。

「ぷっ、くくく……っ！　あーっはっはっはっ！　いったい何をするつもりだったのかは知りませんが……全て、徒労に終わりましたねぇ！　幻想召喚さえ完成すれば、もうこちらのもの……！　私の勝利は揺るぎませんん……！」

レグルスの耳障りな笑い声が、閉じられた世界に響き渡る。

「そん、な……間に合わなかった……っ」

ステラが膝を突き、

「ここまで、か……」

ラインハルトさんが目をつむり、

「糞ったれが……ッ」

ウルフィンさんが奥歯を噛み締める。

みんなが絶望のどん底に沈む中、

「……え、は……？　ぐっ、がぁああああああ!?」

幻想空間の天蓋《てんがい》が無理矢理に引き剝がされ、レグルスの右腕が肩口から引き千切られた。

「そん、な……っ。こんな馬鹿なことが、あり得ない……!?」

「――英霊《えいれい》召喚・大戦士ヘラクレス」

「グォオオオオオオオ……！」

神代の大英雄が、遥か悠久の時を越えて――今、再臨する。

「レグルス・ロッド。お前だけは、本気で叩き潰す……！」

敵の切り札は、完全に潰した。

ここから先は、俺のターンだ……！

◆

大戦士ヘラクレス。

確固《かっこ》たる自信と深い叡智に溢れた群青《ぐんじょう》の瞳。

二メートルを超える巨軀には、隆起した筋肉が搭載されており、腰に差したる獲物は、神話の宝剣マルミアドワーズ。

威風堂々としたその立ち姿は、まさに大英雄然《ぜん》としている。

(……よかった。なんとか間に合った……っ)

今回ばかりは、本当に危なかった。

後コンマ数秒でも遅れていたら、レグルスの幻想空間が完成してしまい、この召喚は成立しなかっただろう。

「はぁはぁ……っ。よくも、私の命々流転郷を……ッ」

奴は荒々しい息を吐きながら、キッとこちらを睨み付ける。

(……かなり消耗しているな)

神螺転生によって、先ほど千切られた右腕はもう再生しているが……。

レグルスの顔色は、非常に悪い。

(幻想召喚は、途轍もなく膨大な魔力を消耗すると聞く……)

この消耗具合から判断して、二度目の幻想召喚は警戒しなくてもいいだろう。

「――ヘラクレス、やってくれ」

「ルォオオオオオオオ……！」

俺の魔力供給を得た大英雄は、凄まじい勢いでレグルスのもとへ突き進む。

「……真正面から向かって来るとは、私も舐められたものですね。――神螺転生」

レグルスの右手がヘラクレスの脇腹に触れた瞬間――ヘラクレスの体はボコボコと膨れ上がり、黒い肉片となって飛び散った。

「ふっ、他愛《たわい》もありません。魔術師の勝負は、魔力の過多で決まるものじゃない。術式の相性や術者の判断能力、そのほか多くの要素が複雑に絡まり合っ――」

「――何をもう勝った気でいるんだ？　今のは最弱の第一形態だぞ？」

「……え？」

四散した漆黒の肉片が瞬《またた》く間に集《つど》い、ヘラクレスが完全復活を果たす。

「ゴアアアアアアア……！」

大英雄の強靱《きょうじん》な右腕が、レグルスの顔面に突き刺さった。

「が……っ!?　ぐぉ……ぎ……ッ」

レグルスはまるでボールのようにバウンドしながら、遥か後方へ吹き飛んでいく。

遥か神代の頃――ヘラクレスは神々に課せられた『十二の難行《なんぎょう》』を乗り越え、半神半人の大英雄となった。

彼を殺し切るには、性質の異なる十二の攻撃でその命を奪った後、真のヘラクレスを――『十三番目の大英雄』を倒さなければならない。

第一形態こそ、特筆した力を持たないが……。

第二形態はネメアーの鎧、第三形態はヒュドラの毒矢、第四形態はケリュネイアの剛角《ごうかく》……『死』という難行を克服するたび、ヘラクレスは一つまた一つと神話の魔具を獲得していく。

早い話が、倒せば倒すほど耐性と魔具を獲得していく、ほとんど不死の召喚獣だ。

彼と契約を結ぶのは……本当に死ぬほど大変だった。

「なるほど、『条件付きの不死性』ですか……。ヘラクレスの逸話《いつわ》から推察するに、後十二・三回は殺す必要がありそうですね……っ」

その後、レグルスは神螺転生と結界術を駆使し、なんとか必死に食らい付いたが……。

「〜〜ッ」

「グォオオオオオオ……！」

幻想空間を破壊された反動が――膨大な魔力を失った影響が大きいのか、終始ヘラクレスに圧倒された。

「……困りましたね。今の私では、この召喚獣を殺し切れなさそうだ」

「……諦めたのか？」

「まさか。ただ、少しだけ『基本』に立ち戻ろうと思いましてね。召喚獣が強力な場合は、召《じゅ》喚《っ》士《し》を叩く――召喚士対策の基本です」

奴は肩を軽く回した後、小さく息を吐き出した。

「正直に告白しましょう。私はアルトくんのことを正しく評価し、然るべき警戒をしていた……・・・・・つもりでした。しかし実際のところは、心のどこかで侮っていたようだ。所詮は無知蒙昧《むちもうまい》な人間。ただの劣等種族に過ぎないうえ、まだまだ未成熟な十代の子ども。そんな油断や慢心が……今の醜態に繋がっている」

レグルスの纏う空気が変わる。

「――アルト・レイス。私はもうあなたを格下と思いません。『神代の大召喚士』と殺り合うつもりで、最後の魔術を放ちます」

これは……気を引き締める必要がありそうだ。

「――神螺転生」

レグルスは右手を天高く掲げ、静かに術式の名を告げる。

奴の頭上に魔力で作られた巨大な球体が発生し、それはどんどん小さくなっていた。

「球体内を満たす『空気』に命を授け、それらを自壊させていく。誕生と死滅を繰り返した果てに生まれるのが、この『絶対真空』……！」

レグルスの人差し指に、小さな球体が浮遊する。

そこには恐るべき量の魔力と暴力的な生命力が、これでもかというほどに詰め込まれていた。

（あれをまともに食らえば、ただじゃ済まないな……）

俺は静かに呼吸を整え、魔力の精錬《せいれん》に集中。

両者の視線が交錯し――レグルスが先に動いた。

「――神螺転生・崩真《ほうしん》！」

小さな球体にヒビが入った次の瞬間、赤黒い閃光が凄まじい勢いで射出される。

（神螺転生・崩真は、『真空崩壊』という極大のエネルギー爆発に、ありったけの魔力と生命力を注いだ最強の一撃！　これならば、ヘラクレス諸共《もろとも》、召喚士本体《アルト・レイス》を殺れる……！）

眼前に迫る大魔術に対し、迎撃を開始する。

「ヘラクレス――第十三形態」

大量の魔力を投じ、ヘラクレスを『十三番目の大英雄』へ進化させる。

「――宝剣マルミアドワーズ、解放。残存魔力を解き放ち、目の前の敵を殲滅しろ！」

ヘラクレスが天高く掲げた宝剣に、空間が歪むほどの魔力が集中していく。

「ヴォオオオオオオオ……！」

振り下ろされた斬撃は、まさに『神話の一ページ』。

全てを断ち斬る究極の一撃は、神螺転生・崩真を食い破り、

「この、化物、め……ッ」

レグルスの胸部に、巨大な風穴をぶち開けたのだった。

◆

「……ぜひゅ、ぜひゅ……ッ。神螺、転……生……っ」

「……驚いた。まだそんな余力があるんですね」

全身の約七割を消失したレグルスは、息も絶え絶えといった様子で再生を始めるが……その速度は非常に遅い。

これはおそらく、先ほど放った大魔術――神螺転生・崩真に、ほぼ全ての魔力を注ぎ込んだせいだろう。

「レグルス、お前には聞きたいことが山ほどある。悪いが、拘束させてもらうぞ」

『蟲《むし》』の手印を結び、食々蟲《しょくしょくちゅう》を召喚――粘性のある触手を利用して、奴の手足を拘束していく。

「……私はこの先、冒険者ギルドで尋問を受け、いずれは処分されることでしょう……。もはや大魔王様の力になることができない、そんな自分がどうしようもなく情けない……っ」

仰向けに拘束されたレグルスは、ポツリポツリと言葉を紡ぐ。

「そこで、一度よく考えてみました。どうすればこの命を、吹けば飛ぶような風前の灯《ともしび》を、大

魔王様のために活《い》かせるか……。するとなんと、素晴らしい名案が浮かんだのです！」

奴は凶悪な笑みを浮かべ、おぞましい悪意を撒き散らしながら、けたたましい大声を張り上げる。

「――さぁさぁ、みなさんお立合い！　レグルス・ロッドがお送りする、生涯最後の大悲劇が幕を開けますよぉ！」

レグルスが左手で『爆《ばく》』の手印を結んだ瞬間、モンスター化した冒険者たちの体が、ボコボコと膨れ上がっていった。

「ほらほら冒険者のみなさん、しっかりと目を開けてください！　醜いお仲間《モンスター》の末路をちゃんと看取《みと》ってあげましょう！　この残酷で醜い死を！　なんの意味もない空虚な最期を！　しかとその眼に焼き付けようではありませんか！（――感情が揺らげば、魔力が揺らぎ、魔力が揺らげば術式が揺らぐ！　さぁ怒れ！　傷付け！　己《おの》が無力を嘆け！　その負の感情は、抉られた心の傷は、あなたたちの成長を阻む、大きな足枷《あしかせ》となる……！）」

奴は満面の笑みを浮かべながら、高らかに術式を謳《うた》いあげる。

「――神螺転生・解《かい》！」

次の瞬間――静寂があたりを包み込む。

「「「……？」」」

そこには、あるべきはずものがなかった。

弾け飛んだ無残な遺体・冒険者たちの悲鳴・二度と癒えぬ悲しみ――悲劇を構成するものが、何一つとして存在しない。

「何、故……？　どうして、誰も弾けないのですか……!?」

目の前の光景が到底理解できないのだろう。

レグルスは声を震わせ、小さく首を横に振っている。

「残念ですが、レグルスの思い通りにはなりませんよ」

万が一、『最悪の事態』を想定した時の保険が——今ここで生きた。

「——王鍵・開錠」

第七地区に突き立てておいた王鍵シグルドに接続。

世界を走る不可視の『王律』に指を掛け——命令を下す。

「アルト・レイスの名において、因果に刻まれた選択事象を——破却《はきゃく》する」

刹那——キィンという甲高い音が響き、世界が修正されていく。

「そん、な……馬鹿な……っ」

『命のカタチ』をいじられ、モンスターと化した冒険者たちは、みるみるうちに元の体へ——人間の体へ戻っていった。

「マシュ、マシュぅ……！　よかった。本当によかったぁ……っ」

「い、痛いよ、ティルト……」

ティルトさんは涙で顔をぐしゃぐしゃにしながら、緋色のブローチを着けた女性冒険者に抱き着く。

その他にも、あちらこちらで歓喜と感動の声が湧き上がった。

「あ、あり得ない……。こんなことは、絶対にあり得ない……！　神螺転生で壊した命は、どんな回復術式をもってしても治せないはず……ッ」

「ええ、アレは間違いなく、『不可逆の破壊』でした。回復魔術では、絶対に治せませんね」

「ならば、いったいどうやって⁉」

食い気味に聞いてくるレグルスへ、とても簡単な答えを告げる。

「なかったことにしたんですよ」

「……は？」

奴は理解できないといった風に、ポカンと大口を開けた。

『レグルス・ロッドが神螺転生を使って、冒険者をモンスターに改造した』――この事実をなかったことにしたんです」

レグルスに改造されたという『過程』が消えたのだから、冒険者たちがモンスター化したという『結果』も消滅する。

至極、当然のことだ。

「それは……過去を改変したということですか⁉」

「はい、その通りです」

「ふ、ふざけないでください！　過去改変など、できるわけが――」

「――王鍵には、それができるんですよ。といってもまぁ、『王律の干渉』にはたくさんの制限《しばり》があるので、思ったよりも使いにくいんですけどね」

王律で干渉できる範囲は、現在の時間から前後三日のみ。

『座標』である俺から離れた事象ほど改変が難しくなる。

『死』という『絶対的な収束』の破却は不可能。

他にも数多くの制約が存在するため、そう易々と使うことはできないのだが……。

まさに唯一無二、オンリーワンの性能を持ったため、しっくりとはまった時の効果はピカイチだ。

（変幻自在の召喚術・摂理を超えた魔具、そして何より『無尽蔵の大魔力』……ッ。今、確信した。この少年は、いずれ必ず『幻想』の域に到達し、大魔王様に牙を剝く。……駄目だ。アルト・レイスは、あまりにも危険過ぎる。なんとかして、他の復魔十使に伝えなければ……アルト・レイスという危機を、どうにかして伝えなければ……！）

手足を拘束されたレグルスは、何故か今頃になって抵抗を始めた。

すると次の瞬間、

「――よかった。ギリギリ間に合ったみたいだね」

黒いローブを纏った男が、食々蟲を斬り裂き――レグルスの身柄を奪った。

（新手か……っ）

俺はすぐさまバックステップを踏み、謎の乱入者から間合いを取る。

突然の乱入者は、黒いローブを纏った背の高い男。

フードを目深にかぶっているため、その顔を窺《うかが》い知ることはできない。

右手に古びた剣を握っているところからして、前衛職の可能性が高いだろう。

「もしかして、復魔十使のお仲間でしょうか？（独特なプレッシャーを感じる……。この人、かなり強い……っ）」

「僕が復魔十使かどうか、ね……。難しい質問だけど、今のところはイエス、かな？」

何やら、随分と含みのある回答だ。

「つまり、仲間を助けに来たということですね？」

「一応、そうなるかな。レグルスの固有術式――神螺転生は『器《うつわ》』探しにもってこいだからね。今はまだ失いたくないんだよ」

「器？」

「うん、器」

男は同じ言葉を繰り返し、多くを語ろうとしなかった。

どうやらこの『器』という言葉については、あまり詳しく話したくないようだ。

「よし……それじゃ、僕はこのあたりで失礼しようかな。今はまだ、あんまり目立ちたくないしね」

「このまま逃がすとお思いですか？」

レグルス・ロッドは、とても貴重な情報源。

それをみすみす持っていかれるわけにはいかない。

「うーん、困ったな……。今はあまり戦いたくないし、見逃してくれると嬉しいんだけど……？」

「それは難しいご相談ですね。偶像召喚――」

俺が『獣』の手印を結ぼうとすると、

「――見逃してくれないかな？」

男はまるで別人のような冷たい声を発し――ほとんど全ての魔力を使い果たしたステラたちの方へ、スッと右手を伸ばした。

（な、なんだ……あのおぞましい魔力は……⁉）

絶望・悲哀《ひあい》・諦観《ていかん》・憤怒《ふんぬ》・怨嗟――右手に込められた魔力は、負の感情がギュッと凝縮された、恐ろしく醜悪なものだった。

（……もしも俺がこのまま手印を結び、召喚魔術を展開したら……）

あの男は躊躇《ちゅうちょ》なく、ステラたちへ攻撃を開始するだろう。

「………わかった。その代わり、ステラたちには手を出すな」

「ありがとう。君が優しい子で助かったよ」

黒いローブの男は柔らかい声色で感謝を述べ、転移術式を展開、その中へレグルスを放り込んだ。

「――おっと、忘れるところだった。それはそっちに預けておこうかな」

男が指さしたのは、大魔王の心臓。

あれだけ激しい戦闘があったというのに、未だ玉座の上に鎮座している。

おそらくは特殊な魔術か何かで、座標が固定されているのだろう。

「大魔王の遺物……。復魔十使にとって、大切なものなんじゃないんですか？」

「うん。だから、大切に保管しておいてほしいんだ。それに……もしかしたら、君かもしれないしね」

「……？」

「いいや、こっちの話だよ。……多分、君とはいずれまたどこかで会うことになるだろう。その時は、もっと深く話せるといいね。――それじゃ」

謎の男は軽く手を振り、別の座標へ転移した。

「――アルトくん、どうする？　追うか？」

ことの成り行きを静かに見守っていたラインハルトさんが、すぐに意見を求めてくる。

「いえ、やめておいた方がいいと思います。あの男は、相当強い……。下手に追ってしまうと、手痛い反撃を食らうかもしれません」

「そうか、わかった。それでは、大教練場へ戻るとしようか」

「はい」

大魔王の遺物である『心臓』を回収した後、ティルトさんが転移魔術を発動。

前回は不発に終わったが、今回はきちんと術式が機能してくれた。

おそらくあの転移阻害の結界の術師はレグルスで、それを打ち倒したため、結界が消滅したのだろう。

（ふぅー……。いろいろ大変だったけど、なんとか無事に終わったな……）

復魔十使レグルス・ロッドとの死闘、黒いフードを纏った謎の男の急襲。

今回突然参加することになったこの大規模遠征は……正直、トラブルだらけだった。

だけど、モンスター化した冒険者たちはみんな元に戻ったし、戦術目標であった大魔王の遺物もちゃんと回収できた。

結果を見れば、俺たちの『完全勝利』と言えるだろう。

伏魔殿ダラスから大教練場へ帰還した後、A級ギルド銀牢内の中央ホールで祝勝会が開かれた。

「此度の第八次遠征において、我々は誰一人欠けることなく、伏魔殿ダラスの攻略に成功し、戦術目標である大魔王の遺物を完璧な状態で回収した！　これは間違いなく、人類史に残る偉大な一歩であり、我々の圧倒的な大勝利だ……！　冒険者諸君、今宵《こよい》は全てを忘れて、勝利の美酒に酔おうではないか！」

ラインハルトさんが勝利の言葉を謳いあげると、

「「「うぉおおおおおおお……！」」」

冒険者たちはみんな、歓喜の雄叫びをあげ――呑めや歌えやの大宴会が始まった。

なんでも彼らは『ダンジョン攻略祈願』として、三か月ほど断酒《だんしゅ》をしていたそうで、みんな浴びるようにお酒を呷《あお》る。

「――はっはっはっ、今日は最高の一日だ！　なぁ、アルトくん？　そうは思わないかい？」

いい具合にお酒が回り、ハイになったラインハルトさんが、バシンと背中を叩いてきた。

「は、はい、記念すべき日だと思います」

「はっはっはっ！　そうだろうそうだろう！　はっはっはっ！」

どうやら彼は、けっこうな笑い上戸《じょうご》のようだ。

（なんか、ちょっと意外だな……）

そんな感想を抱いていると——背後から、声を掛けられた。

「よぉ、アルト……」

「う、ウルフィンさ……えっ？」

酒瓶を手にした彼はなんと、いきなりガバッと肩を組んできた。

「てめぇ、けっこうやるじゃねぇか……。ひっく……。最初は気に食わねぇ奴だと思ったが……実力は確かだ。甘っちょろいところもあるが……まぁ嫌いじゃねぇ」

「ど、どうも……」

彼は酔うと少し素直に、丸くなるタイプのようだ。

「——アルトくん、ありがとぉおおおお！　君のおかげで、あたしの大切な友達が、無事に……うわぁあああああん……！　もう、大好きぃいいいいい……！」

ティルトさんが大きく両手を広げ、ギュッと抱き着いてきた。

彼女は泣き上戸＋絡み酒……しかも、かなり甘えてくるタイプらしい。

「ちょっ、ティルトさん。近いですって……っ」

「えへへぇ、思ったよりも筋肉質だぁ……」

柔らかい感触、鼻腔《びこう》をくすぐる甘いにおい。

心臓の鼓動が自然と速くなっていく。

「あ、あの……！　うちのアルトが困っていますから、離れてください……！」

ステラが凄まじい速度で駆け付け、暴走するティルトさんを引き剥がしに掛かる。

「いやだよぉー！　この子は、あたしのものだもんねー！」

「なんですってぇ⁉　私がいったい何年前から――」

騒がしいやり取りが繰り広げられる中、ラインハルトさんが突然ポンと手を叩く。

「――おっと、そうだった！　アルトくん、そろそろ『乾杯の音頭《おんど》』を頼む！」

「えっ？」

乾杯の音頭……？

みなさん、もう既に『できあがっている』と思うんだけど……。

「此度の大勝利の立役者は、間違いなくアルトくんなのだ！　君が音頭を取ってくれなくては、我々も気持ちよく呑み切れん！　さぁほら遠慮せず、胸を張って舞台へ上がってくれ！」

「ちょ、俺はそういうのあんまり得意じゃありませんので……！　気の利いた言葉とか、全然出てきませんし……！」

「はっはっはっ！　すまないみんな、ちょっと道を開けてくれ！　みんなの命を救ってくれた、『大英雄様』のお通りだぞ！」

……駄目だ。この気持ちよくなった酔っぱらいには、まともに話が通じない。

ラインハルトさんに引っ張られ、一段高くなった舞台の上に立たされてしまった。

百を超えるたくさんの視線に晒《さら》され、心臓がドクンドクンと妙な鼓動を刻む。

（やるしかない、か……）

俺は仕方なく覚悟を決め、果実水の入ったグラスを高く掲げる。

「え、えーっと……。みんなで力を合わせて、なんとか無事にダンジョンを攻略することができました。今日は記念すべき日なので、その……か、乾杯……！」

こういう派手な場に慣れていないうえ、元々あまり口が達者じゃない俺は、とにかく頭の中に浮かんだ言葉を必死に繋いだ。

特に気の利いたことを何も言えず、「失敗したかな……」と思った次の瞬間、

「「「かんぱーい！」」」

みんなはそんなことを気にも留めず、気持ちよく乗ってきてくれた。

そして――今までのがまるで『前哨戦《ぜんしょうせん》』と言わんばかりに、本格的な大騒ぎが始まる。

「――男、パウエル！　こちらの酒樽《さかだる》を一気呑みしやす！」

パウエルさんはまた悪酔いしており、無茶苦茶なことを言い始め、

「わっはっはっ！　よいぞパウエル！　その意気だ！」

ドワイトさんは楽しそうに手を打ちながら、大喜びでそれを囃《はや》し立てた。

いや、そこはあなたが止めるべきなのでは……？

「おぃ、久しぶりにやるぞ……！」

「ん……おぉ！　受けて立とうではないか！」

ウルフィンさんとラインハルトさんは、中央のテーブルで呑み比べを始め、

「ふっふっふっ、あたしの美声を聞けぇー！」

ティルトさんがなんとも独特なリズムの歌を口にし、

「それだけは、やめてくれぇー!?　せっかくの酒がマズくなる……！」

たくさんの冒険者たちが、必死の形相で止めに入った。

そんなどんちゃん騒ぎの最中、

「アルトさん！　あんたのおかげで、俺たちは無事に人間の姿へ戻れた！　ありがとう、本当にありがとう……！」

「なぁなぁ今度、召喚魔術を教えてくれよ！　あんたのすげぇ召喚獣を見てよぉ、俺ちょっとガチで、召喚士目指そうと思ったんだ！」

「まだどこのギルドにも、所属してねぇんだろ？　だったら、銀牢《うち》へ入ってくれよ！」

みんな本当にいい人たちばかりで、温かい言葉をたくさん掛けてくれた。

（あぁ……楽しいなぁ）

一緒に冒険した仲間たちと、馬鹿みたいに騒ぐ。

今この時間が、どうしようもなく楽しかった。

（……あの頃とは、大違いだ……）

冒険者ギルド『貴族の庭園』で働いていた頃、俺はずっと一人で、毎日がただただ苦痛だった。

ごはんを食べるのも倉庫裏で一人。

仕事をするのも窓際で一人。

悩みを打ち明けられる同僚もおらず、ギルド長のデズモンドからは、酷いパワハラを受け続け……楽しいことなんか、ほとんど何もなかった。

それが今ではどうだ。

ステラ、レックス、ルーンはもちろん、ラインハルトさんやウルフィンさんやティルトさん、その他大勢の人たちに囲まれ、みんなで楽しく笑い合っている。

とても……とても幸せな時間を過ごしている。

冒険者になって、本当によかった。

（ステラ・レックス・ルーン……ありがとう）

俺なんかをパーティに誘ってくれた、冒険者の道へ呼び戻してくれたみんなには、本当に感謝の気持ちでいっぱいだ。

それから少しして――お酒を呑めない俺とステラは、果実水や料理なんかをちょこちょこといただきながら、中央ホールの端の方で雑談を交わす。

「ねぇアルト……お酒って、おいしいのかな……？」

冷えた果実水をちびちび飲みながら、ポツリとそんな疑問をこぼすステラ。

その顔には「呑んでみたいなぁ」と書かれてあった。

「一応言っておくけど、俺たちは未成年だからな？」

「わ、わかっているわよ……っ。だけど、みんながあんなにおいしそうに呑んでたら、どんな味か気になっちゃうでしょ……？」

「まぁ、そうだな。……成人を迎えたら、一緒に呑んでみようか？」

「……！　……それは……ふ、二人っきりで……？」

彼女はほんのりと頬を赤くしながら、恐る恐ると言った風に聞いてきた。

「せっかくだし、レックスやルーンたちにも声を掛けよう」

みんなで集まって、冒険者学院での昔話やこれまでの冒険譚《ぼうけんたん》を語り合う。

それはきっと、とても楽しいだろう。

「……ですよねぇ」

何故かステラはため息をつき、どこか遠いところを見つめるのだった。

✦

華やかな宴会は遅くまで続き、夜の十時を回ったところで終了、その後は自由解散という流れになった。

俺はステラを家の前まで送り届け、ワイバーンに乗って自宅……ではなく、その近くにある河原へ向かう。

「――いつもありがとう。本当に助かっているよ」

「ギャルゥ！」

目的地に到着した俺は、ワイバーンにお礼を言って、頭をサッと切り替える。

楽しい宴会の時間はもう終わり、ここから先は魔術の時間だ。

「さて、と……記憶に新しいうちに、やっておこうかな」

足元に転がっていた石ころに手を当て、静かに術式の名を告げる。

「――神螺転生」

すると――。

「ころころ？　ころろ……！」

新たな命を授かった石ころは、自らの意思でぴょんぴょんと跳ねた。

「あはは、元気がいいな」

「ころっ！」

せっかく生まれてきてくれたんだから、後でこの子とも召喚契約を結んでおくとしよう。

俺は昔から、『真似《まね》っこ』が得意だった。

一度目にした術式は、よっぽど複雑なものでもない限り、大概すぐにコピーできる。

「よし、次だな」

今度のはちょっと大掛かりだから、手印の補助を受けるとしよう。

「――模倣《もほう》召喚・命々流転郷」

次の瞬間、紅い彼岸花が世界を埋め尽くしていった。

「よしよし。とりあえず、『外箱《そとばこ》』はできたな」

後は機能《なかみ》がどうかなんだけど……正直、そこまでの期待はしていない。

これは本当にちょっとした実験なのだ。

右手で小石を掴み、左手は空っぽのまま上に向け、まったく異なる二つの魔術を発動させる。

「――神螺転生。簡易召喚・スライム」

「ころろ！」

「ぴゅい！」

命々流転郷《こ　　れ》が本物の幻想空間ならば、正常に機能するのは、術者の根源術式だけのはずなんだけど……。全く異なる二系統の魔術が、同時に展開できてしまった。

「うーん、やっぱり駄目か」

どこまで精巧《せいこう》に作ろうとも、所詮これは虚飾《きょしょく》の幻想空間。

早い話が、ただの偽物なのだ。

(幻想魔術への対策……急がないとな)

大魔王復活を目論《もくろ》む、危険な思想を持つ集団——復魔十使。

俺は今日そのうちの一人、レグルス・ロッドと戦った。

みんなの力を合わせて、なんとか撃破することはできたのだが……。

幻想召喚を使われた時は、さすがに焦った。

(……正直、まだ奥の手はある)

もしもあの時『禁断の召喚』を使っていれば、レグルスの命々流転郷も難なく破れただろう。

(ただ……アレは文字通りの規格外)

あまりにも危険過ぎるため、『元特級冒険者』である校長先生から、「特定の条件下を除いて、絶対に使うでないぞ」と厳しく言い付けられている。

(……とにかく、このままじゃ駄目だ)

俺はもっと、もっともっと強くならなければ、ステラを——大切なパーティの仲間を守れない。

「……幻想召喚、か……」

ポツリと呟く。

自らの『根源術式』を現実世界に投影《とうえい》し、浮世の理を歪める『魔術の極致』。

これを身に付けた者は、魔術の歴史にその名を刻み、『特級冒険者』として登録される。

「——うん、モノは試しだ。ちょっと自分流で、やってみようかな」

確かあの時、レグルスはこんな感じで……。

（……おっ、ちょっといい感じかも？）

それから俺はしばらくの間、幻想召喚の練習に励むのだった。

✦

翌朝。

「ふわぁ……」

寝ぼけ眼をこすりながら、なんとかベッドから起き上がる。

（うっ……体が重いな）

さすがに一日寝ただけじゃ、完全回復とまではいかなかった。

（昨日はかなり強い召喚獣をたくさん呼び出したし、極め付きには王鍵まで使ったからな……）

気だるい体を引きずりながら、朝ごはんのにおいがする台所へ向かう。

今日は多分、焼き魚とお味噌汁かな？

「――おはよう、母さん」

「あぁ、おはよう！」

母さんはいつも通りに元気よく声を張った後、ズンズンとこちらへ向かってきた。

「凄いじゃないか、アルト！　昨日は、大活躍だったんだってね！」

彼女は満面の笑みを浮かべながら、机の上に朝刊を広げた。

その一面を飾っていたのは、『伏魔殿ダラスの攻略成功！　大魔王の遺物を確保！』という大きな文字。

復魔十使レグルス・ロッドとの激しい死闘や、突如乱入してきた黒いフードの男、大魔王の遺物を回収したことなどなど……。

昨日の今日にもかかわらず、とても詳細な情報が記されていた。

そしてそこには——この偉業を成し遂げた遠征メンバーの顔写真が、ズラリと並んでいる。

一番大きいのは、やはり遠征の総指揮を務めたA級冒険者ラインハルト・オルーグ。

その次はA級冒険者のウルフィン・バロリオとティルト・ペーニャ。

他にもステラ、ドワイトさん、パウエルさんといった、華やかな面々の顔写真が大々的に掲載されていた。

そしてなんとそこには——とても小さいけれど、俺の顔写真まであった。

(いや、でもこれは……っ)

みんなはとても格好いいポーズの写真なのに……何故か俺のだけ、『証明写真』だった……。

しかもそれは一年前——冒険者ギルドの採用面接を受ける時、履歴書に貼って提出したものだ。

真っ直ぐ正面を向いた顔・微妙にぎこちない笑顔・ぴっちりと横分けにされた髪……完全に一人だけ浮いている。

なんだか自分が、世界中に晒されているような気がして、とても恥ずかしかった。

(これは多分、俺が飛び切り無名の冒険者だからなんだろうな……)

聞いた話によれば……新聞各社は、B級以上の冒険者の写真を常時複数確保しているそうだ。

いつどこでどんなニュースがあった場合でも、すぐに顔写真付きの記事を上げられるように、とのことらしい。

しかし俺は、つい先日冒険者登録を済ませたばかりの『D級冒険者』。

さすがの新聞社も、こんな無名の冒険者の写真までは持っていなかったようで……必死になって探した結果が、これだ。

（いやでも、証明写真はないだろう……）

よくこんなものを見つけてこられたな。

というか、冒険者ギルドの情報管理、ちょっと杜撰《ずさん》過ぎるんじゃないか？

そんなことを考えていると、母さんがバシンバシンと背中を叩いてきた。

「新聞に顔が載るなんて、中々できることじゃないよ！　母さん、鼻が高いさ！　天国の父さんも、きっと今頃はあっちで自慢しまくっているだろうね！」

写真の件はちょっとショックだけれど、母さんがこんなに喜んでくれるのなら……まぁいいか。

その後の三日間、俺はゆっくりと体を休めた。

それというのも……昨晩の帰り道、ステラと少し話し合って、今日を含めた三日間は冒険者活動を休止――体を休めることに専念しようと決めていたのだ。

冒険者にとって、体は一番の資本。

今回の大遠征みたく大きなクエストをクリアした後は、次の仕事までに数日のインターバルを置くことが基本だとされている。

そういうわけで、午前・午後は家の農作業を手伝いつつ、夜は『秘密の特訓』――穏やかで落ち着いた時間を満喫させてもらった。

その後、あっという間に三日が経過し、冒険者活動再開の日を迎える。

「――よし、いい感じだ」

魔力は完全回復。

昨晩はよく眠れたから、体もとても軽い。

朝支度をササッと済ませ、王都へ向かおうとしたその時――郵便箱に、カコンと封筒が入れられた。

「冒険者ギルドから……俺宛？」

いったいなんだろう？

軽い気持ちで封筒を開けるとそこには――とんでもないものが入っていた。

「……A級昇格試験のご案内？」

…………A級？

（い、いやいやいや……なんだこれは⁉）

俺は現在D級冒険者だ。

D級からA級への飛び級試験なんて、聞いたことがない。

そもそもA級の昇格試験を受けるには、『A級冒険者三人以上の推薦』が必要なはず。

いったい誰が推薦を……？

というかそもそもの話、何かの間違いなんじゃないのか？

宛名や同封された書類をよくよく確認してみたが……。

確かに、アルト・レイス宛のA級昇格試験の案内で間違いなかった。

どうやら俺の知らないところで、何かおかしなことが起きているみたいだ。
（はぁ……。また面倒なことにならないといいんだけど……）
俺はそんなことを考えながら、小さくため息をつくのだった。

第三章 Ａ級昇格試験

「――え、Ａ級昇格試験⁉」

王都でステラと合流し、家に届いた書類を見せると、彼女は目を丸くして驚いた。

「で、でもアルトって、この前登録を済ませたばかりだから……まだＤ級冒険者よね？　それなのにいったいどうして……？」

「それが俺にもよくわからないんだ」

Ｄ級→Ｃ級→Ｂ級→Ａ級。

三階級も上の昇格試験なんて無茶苦茶だ。

「Ｄ級からＢ級への飛び級は、かなり昔にあったそうだけど……。Ｄ級からＡ級なんて馬鹿げた話、これまで聞いたことがないわ」

ステラはどこか呆れた様子で、ポツリと呟いた。

一般的に、Ｄ級からＣ級への昇格に五年、Ｃ級からＢ級への昇格に追加で十年掛かるとされている。

そしてＢ級からＡ級への昇格は……そもそも現実的な話じゃない。

Ａ級の絶対数は非常に少なく、ギルドの公式発表によれば、冒険者全体の一パーセント未満。

生涯Ａ級になれない人の方が圧倒的に多いのだ。

全冒険者の尊敬と羨望を一身に集めるＡ級、そこに至るチャンスが、何故か手元に転がり落ちてきた。

（……やっぱり妙な話だよなぁ）

今回の昇格試験、なんとなく『ナニカの裏』を感じてしまう……。

「多分だけど、伏魔殿ダラスでの活躍が、大きく評価されたんでしょうね」

「まぁ考えられる可能性としたら、それぐらいしかないよな」

俺はまだ、冒険者として一度もクエストを受けていない。

実績らしい実績と言えば、あの大遠征に参加したぐらいのものだ。

「パーティメンバーの大躍進。とっても嬉しいんだけれど……。正直なところ、ちょっとだけ複雑な気持ちだわ……」

ステラはなんとも言えない表情で、小さなため息をこぼす。

「私はほとんど丸一年掛けて、本当に死に物狂いで頑張って、『歴代最速』でB級冒険者に上り詰めた。アルトはその記録を一瞬で追い抜いて、『史上最速のA級』……。同じ冒険者として、やっぱりちょっと嫉妬しちゃうな……」

「い、いやいや、昇級試験の案内が届いただけで、何もまだ合格したわけじゃないからな？というかそもそもの話、これ自体が何かの手違いかもしれない」

冒険者ギルドのミスで、うっかり間違えた書類を送ってしまった。

そんな可能性も十分に考えられる。

「まぁ……アルトがいつも無茶苦茶なのは、冒険者学院時代からずっとそうだしね。こんなことで落ち込んでいたら、あなたの隣には立てないわ！」

ステラは両の手で頬をパシンと叩き、自分の中で整理を付けた。

「それで？　アルトはこの話、どうするつもりなの？」

「そう、だな……。とりあえず、一度本部に行って、詳しい話を聞いてみようと思う」

確かに胡散《うさん》臭さはあるけれど……。

『A級冒険者になれるかもしれない』という話は、あまりにも魅力的過ぎる。

「怪しい」と断じて突っぱねるのではなく、せめて話だけでも聞きに行くべきだろう。

「うん、私もそれがいいと思うわ。だって、A級冒険者になれば――」

「――あぁ、住宅ローンが組めるようになる」

「…………え？」

A級冒険者ともなれば、社会的信用が段違いだ。

なんと銀行で、住宅ローンが組めるようになる。

そのうえ『冒険者保険』への加入料もグッと安くなる。

今後のことも考えて、「なれるものならなっておきたい」というのが偽らざる本音だ。

「……そういえばアルトって、昔から妙に安定志向が強かったわね……」

その後、俺はステラと一緒に冒険者ギルドの本部へ向かう。

道中、まだ彼女に伝えていなかった、この先の予定を思い出した。

「そういえば俺、そろそろ引っ越ししようと思っているんだ」

「引っ越し？」

「あぁ。実家から王都への往復は、地味に大変だからな。近々、王都へ引っ越すつもりだ」

「アルトが近くに来てくれるのは、とっても嬉しいんだけれど……。なんというか、その……お金とか、大丈夫なの……？　王都の物件って、どこも滅茶苦茶高いわよ？」

「そのことなら心配無用。ちょっと前に『いい物件』を見つけてさ。実はもう契約しているんだ。えっと……これだ」

懐からチラシを取り出し、ステラに見せてあげる。

「へぇ、どれどれ……うっそ⁉　この立地、この条件で三万ゴルド⁉」

「あぁ、いいところだろう？」

王都中央通りの真裏という一等地。

三人暮らしタイプの一戸建《いっこだて》。

それでいて家賃は、僅か三万ゴルド。周辺の平均賃料の十分の一以下という破格の値段だ。

「……アルト、この物件って本当に大丈夫なの？　もしかして、不動産屋の人に騙《だま》されてない？」

「あはは、ステラは心配性だな。全然まったく問題ないよ」

なんといってもこの物件は、俺がちゃんと自分の足を使って、頑張って探し出したものなのだ。

今からちょうど二日前――冒険者活動を休止している時、一度だけ王都へ足を運んだことがあった。

怨霊《おんりょう》召喚で地縛神《じばくしん》メルフを呼び出し、二人で一緒に王都の街中を練り歩くこと数時間。

「あ、あった……！」

「メルヴ！」

ようやくお目当てのブツを――強力な怨霊の住み着いた、『超ド級の事故物件』を見つけた。

怨霊は人間の負の感情が集まるところでよく生まれる。

この国で一番の人口を抱える王都ならば、絶対にあると思っていた。

（よしよし、いいぞ！　あのレベルの怨霊が憑《つ》いていたら、間違いなくあそこに人は住めない！）

すぐに近くの不動産屋へ駆け込み、物件の情報を見せてもらった。

（す、凄い……！　これは大当たりだ！）

破格の家賃・充実の設備・最高の立地。

俺はその場で契約を決意した。

お店の人からは、「たまに奇妙なことが起こりますが、気にしないでください」と説明を受けたが……あのクラスの怨霊が居付いていたら、『奇妙なこと』では済まないと思う。

まぁなんにせよ、無事に契約を取り交わした俺は、すぐに現地へ赴き――戦闘開始。

家に取り憑いた怨霊は、思っていたよりも手強《てごわ》かったけれど……。

怨霊・偶像・伝承召喚を組み合わせることで、しっかりと倒し切った。

昨日の敵は今日の友。

その怨霊――ジュレムとは召喚契約を交わし、今ではもう大切な召喚獣《なかま》の一人だ。

（ただまぁ……この話は、黙っていた方がよさそうだな）

ステラはこういう『怖い話』が大の苦手なので、ここが超ド級の事故物件だったことは伏せておく。

「まぁアルトが大丈夫って言うのなら、きっと問題ないんでしょうね。しかしそれにしても、うちの近くにアルトが引っ越してくるのかぁ……。（いやったー！　これでごはん作りに行ったりとか、ついでにお掃除してあげたりとか、その流れでお泊まりなんかしちゃったりして……。えへへへ、なんだかまるで通い妻みたい……）」

「ステラ？　おーい、大丈夫か？」

何故か凄くニヤケ顔になった彼女を連れて、大通りを歩くことしばし――ようやく本部へ到着。

受付の人へ、昇格試験の書類を手渡した。

「――アルト・レイス様ですね。お待ちしておりました。それではこの後、ちょっとした『適性確認』として、簡単な面接を受けていただきます。五分ほどで終わりますので、三階の執務室までどうぞ。中では担当面接官のラムザが仕事をしておりますので、そのまま入っていただいて構いません」

「わ、わかりました」

A級昇格試験の話は、ギルドの手違いなどではなかったらしい。

（というか、いきなり面接か……）

まぁ五分程度の簡単なものだって言ってたし、なんとかなる……と思う。

「それじゃ、ちょっと行ってくるよ」

「うん、頑張ってね！　アルトなら、絶対に大丈夫よ！」

「あぁ、ありがとう」

ステラと一時的に別れ、三階の執務室へ向かう。

「……っと、ここだな」

確か面接官のラムザさんは、もう中にいるんだったよな？

軽く身だしなみを整え、コホンと咳払いをしてから、扉をノックする。

「――入れ」

「失礼します」

部屋に入るとそこには、強面の男性が書類仕事に精を出していた。

「……誰だ？」

「D級冒険者のアルト・レイスです。A級冒険者の昇格試験を受ける際、適性確認が必要とのことで、お伺いしました。本日は、よろしくお願いします」

「……あぁ……。面接官のラムザ・メリケンだ」

ラムザさんは葉巻を揺すりながらソファに腰を下ろし、机の上に置かれたクルミを二つ手に取った。

ラムザ・メリケン。

身長は百九十センチほど、年齢は五十代半ばぐらいだろうか。

短く切り揃えられた白髪・左目に走る古い傷痕・吊《つ》り上がった太い眉――かなり強面に分類される顔だ。

「ふぅー……。まぁ、座れ」

「失礼します」

手前のソファにゆっくりと座る。

「なるほど……お前が例のアルト・レイスか」

ラムザさんは鋭い三白眼を光らせ、ギロリとこちらを睨み付けてきた。

（……あれ？　もしかしなくても俺、嫌われていないか？）

彼の瞳や言葉の端々から、ひしひしと敵意を感じる。

何故かわからないけれど、第一印象はかなり悪くなってしまったようだ。

「なぁ、俺の好きな言葉を教えてやろうか？」

「は、はい」

「それはな――『年功序列』、だ」

「なる、ほど……」

うわぁ……いきなり凄い圧を掛けてきたぞ。

ちょっとだけ、苦手なタイプかもしれない。

「それで……何をやった？」

「えっと、どういう意味でしょうか？」

質問の意図がわかりかねる。

「アルトのような『ド底辺のD級冒険者』が、A級昇格試験を受けるなど馬鹿げた話だ。いったいどうやって、A級冒険者の推薦を集めた？　何か汚い手を使ったんだろう。えぇ？」

「い、いえ！　自分は決してそのようなことはしていません！」

「はっ、口ではなんとでも言える」

ラムザさんは嘲笑を浮かべ、葉巻の煙を胸いっぱいに吸い込む。

「どうせこの『推薦状』も、金で買った薄汚いものだろう？」

彼はそう言って、懐から取り出した書状を机の上にバサッと放り投げた。

「それ……ちょっと拝見させていただいてもよろしいでしょうか？」

「……？　好きにしろ」

「ありがとうございます」

机に散らばった書状を拾い集め、そこに書かれた名前を確認していく。

Ａ級冒険者ラインハルト・オルーグ。

Ａ級冒険者ウルフィン・バロリオ。

元Ａ級険者ティルト・ぺーニャ。

元Ａ級険者ドワイト・ダンベル。

元特級冒険者・冒険者ギルド相談役・冒険者学院校長エルム・トリゲラス。

（……なるほど……）

今回、俺をＡ級冒険者に推薦したのは、主にＡ級ギルド『銀牢』のみなさんだったらしい。

ちょっとびっくりしたけれど、おそらくよかれと思ってやってくれたのだろう。

（というか……あのウルフィンさんが、推薦してくれるなんて……ちょっと意外だな）

なんだかちょっと嬉しかった。

（それにしても、今回もまた校長先生が一枚嚙んでるのか……）

そろそろあの人とは、真剣にお話をする必要がありそうだ。

俺が手元の推薦状を見つめていると、ラムザさんから声が掛かった。

「聞けばお前……アブーラやシャルティ、バロックたちと繋がりを持っているそうだな？」

『『繋がり』と言っていいのかわかりませんが……。一応、仲良くさせていただいています」

「ただのD級冒険者が、何故財界の大物たちとパイプを持っているんだ？　常識的に考えておかしいだろう。お前……どこぞの王族や大富豪の隠し子なのか？」

「いえ。うちは先祖代々、農業に従事しておりまして――」

「――ふざけたことを抜かすのも、いい加減にしろ！」

ラムザさんは突然声を荒らげ、手元で弄《もてあそ》んでいたクルミを握り潰した。

（……クルミ、もったいないなぁ……）

アレ、お店で買ったらけっこう高いのに。

「ほぉ……一応、腐ってもD級冒険者ってわけか。俺の殺気を受けても眉一つ動かさねぇとは……肝っ玉だけは据《す》わっているらしい」

彼は葉巻をそっと灰皿に起き、その怖い顔をグッとこちらへ寄せる。

「冒険者にとって最も大切な能力が何か……わかるか？」

「相手の力量を推し量る目、でしょうか？」

冒険者学院で学んでいた頃、耳にタコができるぐらい聞いた『基本中の基本』を即答する。

自分と相手の力量を瞬時に見極め、戦闘・撤退の判断を迅速かつ的確に下す。

これこそが冒険者にとっての基本であり、また極意でもある――と、校長先生が口癖のように言っていた。

するとラムザさんは、その答えを鼻で嗤う。

「はっ、それは弱者の回答だな。冒険者にとって、最も大切な能力――それは『魔力量』だ」

彼は大きく両手を広げ、朗々と自論を語る。

「魔力の籠ってねぇ高位魔術は、大魔力の籠められた低位魔術に劣る。結局のところ、この世で一番強いのは、一番魔力を持った奴なんだ」

ラムザさんはソファから立ち上がり、奥の机からとある魔具を引っ張り出してきた。

握力計に似たあの魔具は……多分『魔力測定器』だ。

冒険者学院に通っていた頃、何度か授業で使ったことがある。

「さぁ、こいつで自分の魔力量を測ってみろ。もしもお前が百万以上の指数を叩き出せたならば、『A級冒険者の適性あり』と認めてやろう」

……いろいろと言いたいことはあるけれど……。

とりあえず、一番気になったことを聞いてみる。

「あの、これ……旧式の測定器のようなんですが……大丈夫でしょうか？」

「なんだ。最新式でなければ、正確な魔力量が測れないとでも言いたげだな？」

「えっと、はい……おそらく……」

「馬鹿が！　こいつは、特級冒険者の魔力量さえ測定できる優れモノだぞ？　まさか自分が、特級以上の魔力量を誇るとでも言いてぇのか？　えぇ？　己惚《うぬぼ》れるのも大概にしろ！」

彼は口汚い言葉を発しながら、荒々しく机を蹴り上げた。

「くだらねぇことばかり言ってないで、いいからさっさと測れ！　一応忠告しておくが……測定機に細工を加えたり、魔術を使った不正行為をすれば、この場でぶち殺してやるからな？」

……多分、俺がここで何を言っても、全て頭ごなしに否定されてしまうだろう。

「ふぅ……わかりました。それでは――」

俺は仕方なく測定器を握り、そこへ自分の魔力を込めていく。

「……ほぅ、ちょっとはまとも……な、中々やるじゃ……。……こ、こいつ……ッ!?」

魔力測定器の指数は、『三千万』を超えたところでついに――弾け飛んでしまった。

「あー……」

やっぱりこうなってしまったか。

冒険者学院の頃も、よくこの魔具を壊してしまったっけか……。

「ラムザさん、やはり壊れてしま――ラムザさん……？」

「ひ、ひぃいいいいいいい……っ」

彼は部屋の隅っこへ移動し、カタカタとその場で震えていた。

「あ、あの……ラムザさん？」

「く、来るな！　化物！　この俺に近付くなぁあああ！」

顔を真っ青に染めた彼は、必死になって両手を振るい、小動物のように全身の毛を逆立てた。

「え、えー……っ」

俺がどうしたものかと困っていると――。

「ほほっ。アルトよ、弱者《ラムザ》を虐《いじ》めるのもそのあたりにしておいてやれ」

執務室の扉がガチャリと開き、そこから顔を出したのは――冒険者学院の校長先生エルム・トリゲラスだ。

「こ、校長先生！　――これはこれは、お元気そうで何よりです」

本当にいいタイミングで来てくれた。

先生には、いろいろと聞かなければならないことが、たくさんあるのだ。

「……うむ（アルトの奴……さすがに少し怒っておるのぅ。………怖っ）」

「どうして先生が本部にいらっしゃるのかは知りませんが……。そのあたりも含めて、いろいろとお話しをしませんか？」

「…………入ってよいぞ」

彼は長い長い沈黙の末、こちらの問い掛けをスルーして、背後に控えている誰かへ声を掛けた。

すると――半開きとなっていた後ろ扉が開き、かなり肥満体型の中年男性がのっそのっそと入ってきた。

冒険者ギルドの制服を着ていることからして、彼はここの職員だろうけど……。

（お、大きい人だなぁ……っ）

身長二メートル超え、体重もおそらく百五十キロはあるだろう。

縦にも横にもとにかくデカい。

身を縮こませないと、扉から入って来られないほどの巨体だ。

「ふぅー、暑い暑い……」

彼はハンカチで額の汗を拭いながら、部屋の端で縮こまるラムザさんへ目を向ける。

「どうだラムザ、これでわかっただろう？　見ての通り、アルトくんは途轍もない大魔力の持ち主だ。確か……『冒険者にとって、最も大切な能力は魔力量』、だったかな？　君の持論を借りるのであれば、冒険者アルト・レイスは、A級昇格試験を受けるに足る器だと思うよ？」

「い、いや……しかし……っ」

「ラインハルトの提出した第八次遠征報告書には、ちゃんと目を通したんだろう？　彼がいなければ、あの作戦が成功することはなかった。正直私は、この功績だけでA級へ昇格させてもいいぐらいだと思っている。……まぁさすがにそれは、ギルドの規則上難しいことだけどね」

「……わかり、ました。……失礼させていただきます」

ラムザさんは苦虫を噛み潰したような渋い顔をしながら、足早に執務室を後にする。

「ふー……すまないね。あいつはどうにも古い気質《きしつ》というか、頭の固い人間なんだ」

「いえ、問題ありません」

軽い圧迫面接のようなものは受けたけれど……。

別に直接的な被害があったわけじゃないし、そこまで目くじらを立てるようなことじゃない。

「さて……それじゃ、軽く自己紹介でもしておこうかな。私は冒険者ギルド本部の職員で、人事課長を務めるマッド・ボーンだ。気軽にマッドと呼んでくれ」

「自分はアルト・レイスと申します。よろしくお願いします、マッドさん」

お互いに握手を交わす。

「ところで……どうして校長先生が、ここにいらっしゃるんですか？」

「儂は冒険者ギルドの『相談役』じゃからのぅ。ここには週に何度か、顔を出しておるのだ」

「なるほど」

さっき見た推薦状にも、確かそう書かれていたっけか。

「先生。例の『ちょっとした遠征』の件について、少しお話があるのですが――」

「――さて、アルトよ。お前にはこれより、A級昇格試験を受けてもらう」

やはりというかなんというか……相変わらず、こちらの話を聞いてくれない。

「あの遠征、とても『ちょっとした』で片付くようなものじゃなかったんですが？」

「儂とそこにおるマッドが選定した『とあるクエスト』、これを見事クリアすれば、お前は晴れてA級冒険者となれるのじゃ」

俺も退《ひ》かず、先生も退かない。

「……」

「……」

互いの視線が、静かにぶつかり合った。

「……先生、そろそろこちらの話も聞いてもらえませんか？」

「儂に話を聞いてもらいたくば、どういう行動を取ればよいのか。しっかりと教えたはずじゃがのぅ……」

彼はその長い髭を揉《も》みながら、挑発的な笑みを浮かべる。

「……いいんですね？」

「無論」

彼がコクリと頷いた瞬間、俺はすぐさま手印を結ぶ。

「――現象召喚・黒王《こくおう》」

刹那、先生の胸部に小さな黒点が浮かぶ。

「ほぅ……！（なんという術式の展開速度か！　一年前より、遥かに速くなっとるのぅ！）」

『黒王』は千年に一度、白霊山《はくれいさん》の山頂に自然発生するブラックホール。

重力圏は表面一ミリという極小。

しかしその重力は途轍もなく巨大で、ほんの僅かでも触れたが最後、一瞬でぺしゃんこになってしまう。

「――雷閃」

先生は手印・詠唱を省略した術式を高速展開。

まるで雷の如き速度をもって、黒王の重力圏から脱出した。

だけど――甘い！

「雷閃」

俺はまったく同じ術式を即時展開、彼の背後を完璧に取る。

「……うぅむ、よもや儂の後ろを取ろうとは……。本当に、よくぞここまで成長したのぉ……」

「俺の話、聞いてもらえますね？」

「ほっほっほ――甘いわ」

不敵な笑い声が響いた次の瞬間、目の前にいた先生が霧のように消えた。

「これは……分身体!?」

おそらくこの部屋に入る前から分身の術式を発動させ、本体は建物のどこかに隠れたのだろう。

「せ……先生、このやり方はさすがに卑怯《ひきょう》ですよ！」

事前に術式を展開しているだなんて反則だ。

「ほっほっほっ！　試験の詳細は、そこにおるマッドから聞くがよい。では、またどこかで会おうぞ」

どこからともなく響いた彼の声が立ち消え、執務室に静寂が降りる。

（ふぅー……落ち着け……。先生は昔から、ああいう人だった。今度会った時は、真っ先にそれが本体かどうかをチェックしないとな……）

大きく息を吐き出しながら、次回以降の対策を練っていると――パンパンパンという拍手の音が鳴り響いた。

「いやぁ、凄い魔術合戦だった！　あの元特級冒険者――『神速のエルム』と互角以上に渡り合うなんて、さすがはアルトくんだ！」

「い、いえ……。お騒がせして、すみませんでした」

「ははっ、そんなことは気にしないでくれ。あんな超高位の魔術合戦を生で見ることができたんだ。こちらとしては、完全に『棚から牡丹餅《ぼたもち》』だよ」

彼はそう言って、柔らかく微笑む。

さっきのラムザさんとは違い、とても温厚で優しい人だ。

「さて、立ち話もなんだ。適当に掛けてくれ」

「はい、失礼します」

お互いにソファへ腰を下ろす。

「さて、と……お互いに忙しい身だ。早速、本題へ入ろうか」

マッドさんはゴホンと咳払いをし、真っ直ぐこちらの瞳を見つめた。

「先ほどエルム老師も言っていた通り、アルトくんにはこれからA級昇格試験を受けてもらう。私と老師が二人で選んだ高難易度クエスト、これをクリアすれば、君は全冒険者の憧れ――『A級冒険者』になれるんだ」

「高難易度クエスト、ですか……」

まだまともなD級向けのクエストさえ受けていないのに……。

いきなり高難易度のものを受けるなんて……本当に大丈夫だろうか。

「そんなに心配しなくても平気だよ。何せ、先日アルトくんがこなした『大遠征』――あれは『超高難易度クエスト』として、発注していたものだからね。今回の方が、難易度としては遥かに下。……なんだか、変な話だけどね」

マッドさんはそう言って、陽気に「あははは」と笑った。

いや……命懸けのこちらとしては、あまり笑える話ではないんだけど……。

あんな適当な人を相談役に置いておいて、冒険者ギルドは本当に大丈夫なんだろうか。

「それでだね。今回、アルトくんに頼みたいのが――このA級クエストだ」

マッドさんは懐から、一枚の依頼書を取り出した。

クエスト名：氷極殿《ひょうごくでん》の封印補助
受注資格：魔力指数三百万オーバーかつA級以上の冒険者
概要：カルナ島《とう》南部に『氷極殿』という特殊な封印施設が存在する。

そこに封じられているのは、神代の魔女・呪われた魔具・強力なモンスターといった、非常に危険度の高いものばかりだ。もし封印物の一つでも流出を許せば、カルナ島は一夜にして崩壊するだろう。

島の原住民たちは、魔術協会と手を結び、長年にわたってこの封印を維持してきた。

しかし、氷極殿の封印術式は年々弱まってきており、このまま放置すれば、おそらく数年以内に破綻してしまう。

そこで冒険者諸君には、カルナ島の原住民および魔術協会より派遣された特使《とくし》と協力し、封印の補強・修繕を手伝ってやってほしい。

特記事項：氷極殿は大魔王の呪いを受けており、中層～最下層のフロアがダンジョン化している。

ダンジョン内には複数の『A級モンスター』が確認されているため、本クエストを受注する冒険者各位においては、よくよく注意されたし――。

「なる、ほど……。すみません、一つ質問があるのですが、よろしいでしょうか？」

「あ、あぁ、なんだね？」

マッドさんは何故か一瞬顔を引きつらせ、どこかぎこちない笑みを浮かべた。

「氷極殿の封印なんですが、どうして『張り直し』をせず、わざわざ『補強・修繕』を……？」

封印術式はその特性上、どうしても経年劣化してしまう。

時間の経過による魔力の減耗《げんもう》や封印対象の抵抗など、理由は様々だが……とにかく『定期的な管理』が必要なのだ。

その際、基本的に……というかほぼほぼ百パーセント、封印の張り直しが行われる。

他人の構築した封印術式に手を加えるのは……正直、とても大変だ。

術式にはどうしても術者の個性や特徴——所謂『癖』のようなものが出てしまうため、それに沿った補強・修繕を行うのは、細心の注意を要する。

そんな面倒なことをするぐらいならば、一から封印術式を張り直した方が何倍も効率的かつ無駄がない——というのが、現代における封印の考え方である。

それなのに……今回のクエストには、『封印の補強・修繕を手伝ってほしい』とあった。

これはいったい、どういうことだろうか？

「あぁ、そのことかい……。問題の封印は、最下層のフロアにあってね。なんでもこれは、千年以上も前に途轍もなく強力な魔術師が構築した凄く高度な封印術式らしく……。現代の魔術師では、一から再構築することができないそうだ」

千年以上も前の封印術……。

それはまた、とんでもない話だ。

「カルナ島の原住民と魔術協会は、この封印をなんとか維持するため、毎年大勢の魔術師を掻き集めて、必死に補強・修繕し続けたんだけど……三年前だったかな？　原住民の——凄く魔力の豊富な族長さんがお亡くなりになってね。それ以降、封印の維持に必要な魔力が、毎年ちょっとずつ不足してしまい……封印術式が、年々弱くなっているそうだ。そのため今回『魔力量に自信のある冒険者を派遣してほしい』という話が、冒険者ギルド《うち》の方へ回ってきたんだよ」

「なるほど……。しかし、それほど強力な封印術式、いったい誰が構築したんですか？」

「えっ、いやそれは……っ。あ、あー……すまない。ちょっとド忘れしてしまったみたいだ。あはは、いやぁ年は取りたくないものだね」

マッドさんはそう言って、ガシガシと頭を掻いた。

この依頼書を出したあたりから、なんだか彼の様子がおかしいような気がする。

「あの……これって本当にA級冒険者向けのクエストなんですよね？」

「も、もちろんだとも！　正真正銘、A級冒険者向けのものだよ！」

「そう、ですよね……。あはは、すみません。クエストの選定に校長先生がかかわっていると聞いたものですから、ちょっと警戒し過ぎてしまいました。さすがに冒険者ギルドが、冒険者に対して嘘をつくわけありませんよね」

「あ、あぁ！　そこのところは、信用してほしいな！」

なんでも人を疑って掛かるのは、とてもよくないことだ。

このあたりは、ちょっと反省しなければいけない。

「あっ。後それから……今回引き受けてもらったクエストなんだけれど、これはパーティで行っても大丈夫だからね」

「えっ、そうなんですか？」

「あぁ。昇格試験というのは、基本的にパーティ単位で向かうものなんだ。アルトくんは確か……B級『魔炎の剣姫』ステラ・グローシアさんと組んでいたよね？　特別な事情がない限り、一緒に行ってもらった方がいいと思うよ」

「そう、ですね……。とりあえずステラと相談してから、ソロで行くのかパーティで行くのかを決めようと思います」

「あぁ、わかった。……アルトくん、健闘を祈っているよ」

「はい、ありがとうございます」

俺はマッドさんに一礼をしてから執務室を後にし、ステラのもとへ向かうのだった。

✦

アルトが退室した後、

「よっこらせっと……」

執務室の窓が外側から開けられ、そこからエルムがゆっくりと入ってきた。

「いやぁしかし、一年ほど見ぬ間に、随分と育ったのぅ……。術式の構築が恐ろしく速いうえ、本当に真似っこが上手い。あの子に雷閃を見せるのは、さっきのが初めてじゃったというのに……一瞬でコピーされてしまったわぃ。そして何より——化物染みた魔力量。魔力だけならば、もはや完全に儂よりも上じゃな」

「そんな御謙遜《ごけんそん》を……」

「いいや、本当の話じゃ。『幻想』抜きの勝負では、もはやどう足掻いても勝てん……。これでまだ十五歳、末恐ろしい子どもじゃのぉ……ほっほっほっ！」

エルムは髭を揉みながら、満足げに笑う。

「しかし老師……本当によろしかったのでしょうか？」

「何がじゃ？」

「ご指示の通り、『特級冒険者専用』の『超々高難易度クエスト』、その内容を少し……いえ、かなりマイルドに書き換えて紹介しておきましたが……。やはり危険過ぎるのでは……？」

「そりゃ危険じゃろう。このクエストは本来、特級が行くレベルのものじゃからな」

エルムはそう述べた後、自信満々に断言する。

「しかし、アルトならば問題あるまい。あ奴の才能は、どこまでも底が見えん。追い込めば追い込むほど、無尽蔵の魔力が湧き上がってきおる！　あれは間違いなく、次代《じだい》の『器』……！　果たしてどこまで強くなるのか、本当に楽しみじゃわい……！」

✦

A級昇格クエスト『氷極殿の封印補助』を受注した俺は、本部の一階で待ってくれていたステラに諸々《もろもろ》の事情を説明。

彼女が二つ返事で「一緒に行く！」と言ってくれたため、すぐに受付へ向かい、その旨を報告した。

「――委細、承知しました。それでは明日の午前十時、カルナ島中部のデアール神殿へ向かい、魔術協会の特使と合流してください。その後は、カルナ島の原住民と会談の場を持ち、氷極殿の封印補助にお力添えをお願いします。――冒険者様の行く道に幸多からんことを――」

こうしてA級昇格クエストを受注した俺とステラは、本部の近くにある商店へ寄り、しっかりと明日の準備を整えてから解散した。

翌日。

王都で合流した俺たちは、ワイバーンに乗ってカルナ島へ飛んだ。

「す、凄い人混みだなぁ……っ」

サングラスを掛けた、見るからに陽気そうな男性。

華やかな帽子をかぶった、とてもテンションの高い女性。

子どもを連れた、幸せそうな家族。

右を向いても左を向いても、とにかく人・人・人……。

(王都にもたくさんの人がいたけど、ここはまた別格だな……っ)

野菜と家畜の中で育ってきた俺には、ちょっとばかり刺激の強い場所だ。

うっかりしていたら、人酔いしそうになってしまう。

「カルナ島は『常夏のリゾート』！　観光地として、とても有名な場所だからね。んーっ、お日様が気持ちいいわ！」

ステラは両手をグーッと上へ伸ばし、胸いっぱいに新鮮な空気を吸い込んだ。

「とりあえず……魔術協会の人と合流しようか？」

「ええ、そうしましょう」

事前に準備してきた簡単な地図を頼りに、集合場所のデアール神殿へ向かう。

「――っと、あそこだな」

「へぇ、綺麗な神殿ねぇ……」

無事に目的地へ到着。

するとそこには、どこかで見たことのある女性がいた。

「もしかして……ルーン、か……？」

神殿の前に立つ銀髪の美少女は、冒険者学院時代の旧友ルーン・ファーミだ。

（そういえば……確かルーンの実家は、カルナ島の北部にあるんだったな）

そんなことを思い返していると――。

「あ、アルトさん……！　それからステラさんも、お久しぶりですね」

こちらに気付いた彼女が、小さく手を振りながら駆け寄ってきた。

「ルーン、そのフル装備……」

「もしかして……あなたが、魔術協会からの特使だったり？」

「はい。それを知っているということは、お二人が冒険者ギルドからの助っ人なんですね？」

「あぁ」

「ええ、そうよ」

お互いが現状を理解し合ったところで、ちょっとした疑問が浮かんできた。

「あれ……。でもルーンって確か、Ｂ級冒険者ギルド『翡翠の明星』に所属していたよな？」

それなのに魔術協会の特使……？

これはいったいどういうことだろうか。

「翡翠の明星は、魔術師のみで構成されたとても珍しいギルドでして……。冒険者ギルドと魔術協会――両方の組織に籍を置く人が、ほとんどなんですよ」

「へぇ、そうなのか」

疑問が解消されたところで、ルーンがキラキラと目を輝かせながら、グッとこちらへ顔を近付けてきた。

「でも、さすがはアルトさんですね！　もう『特級冒険者』になっちゃっていたなんて……凄過ぎです！」

「……え？」

「……え？」

お互いに小首を傾げ合う。

これは……何かがおかしい。

「俺、まだD級冒険者だぞ……？」

その証拠とばかりに、懐からD級冒険者カードを取り出す。

「えっ、あれ……？　…………うそ。でもこのクエストは、『特級冒険者専用』の『超々高難易度クエスト』として発注したって、魔術協会の本部長さんが言っていたんですが……」

（ふぅー……あの爺……ッ）

特級冒険者専用の超々高難易度クエスト、か……。

またやった。

またやりやがった。

（やっぱり俺の目は間違っていなかった……っ）

あの時――執務室でクエストの詳細を語るマッドさんは、どこか様子がおかしかった。

奥歯に物が挟まったような口ぶり、なんとなく煮え切らない態度。

おそらくは相談役である校長先生に命令されてしまい、立場上逆らうことができず、良心の呵責《かしゃく》に苦しんでいたのだろう。

「あの、アルトさん……?」

状況が理解できず、不思議そうなルーンへ、こちらの事情を簡単に説明する。

「な、なるほど……。確かに校長先生ならば、やりかねませんね……」

ルーンはどこか呆れた様子で、苦笑いを浮かべる。

「こういう場合、どうするべきなんだろうな?」

「うーん……そう、ね……。特級専用のクエストは、いくらなんでもちょっと厳しいと思うわ……」

「やっぱり、そうだよな」

俺とステラの意見は、ほとんど一致していた。

特級冒険者専用の超々高難易度クエスト――見えている地雷へ、わざわざ飛び込んでいく必要はない。

「で、でも……! アルトさんなら、なんの問題もありません! というか、これ以上ないぐらい『適任』だと思います! 原住民の方々も、きっと温かく受け入れてくれますよ!」

ルーンが強く断言した後、ステラが唸り声をあげた。

「カルナ島の原住民って、『ラココ族』よね? 確かあの人たちって、排他的でバリバリの権威主義だったはず……。多分だけど、特級冒険者以外は、受け入れてもらえないんじゃないかしら？」

「そ、それは……その……っ。…………確かにラココ族の方たちは、『権威主義』と言いますか……。『冒険者ランク』をけっこう気になさるようです……」

「そうなのか」

つまり、俺のようなD級冒険者は、お呼びじゃないというわけだ。

まぁ……特級冒険者を要請して、D級冒険者が派遣されてきたら、誰だって嫌な顔をするだろう。

「そういうことなら、やっぱり一度帰った方がよさそうだな」

「ええ、それがいいと思うわ」

俺とステラが意見をまとめたところ、意外にもルーンが食い下がってきた。

「あ、あの……っ」

「どうした？」

「……すみません、もしアルトさんさえよろしければ、このクエストを引き受けていただけませんか？」

「えっと、どういうことだ？」

「……これからするお話は、絶対に他言無用でお願いします」

彼女はそう前置きした後、その重たい口を開いた。

「氷極殿の封印術式は、中心から織《お》られた『五重封印』。おそらくは、世界で最も強固な封印の一つだと思います。ただ……封印対象である『神代の魔女』もまた規格外。彼女は既に覚醒しており、封印を破壊しようと大暴れ……。その結果、第一術式から第三術式までが崩壊。残す第四・第五術式が破られるのも時間の問題です。魔術協会の見立てでは、おそらく明日にも神代の魔女が完全復活を果たし――カルナ島は壊滅する」

「あ、明日って……!?」

「そんな危険な状態なの!?」

「はい……。このままではあまりにも危険と判断した魔術協会は、恥を忍んで、冒険者ギルドに応援を求めました」

あまり詳しいことは知らないけれど、冒険者ギルドと魔術協会が『犬猿の仲』というのは、とても有名な話だ。

「しかし、冒険者ギルドの反応は冷たく……。『特級冒険者はダンジョン攻略に当たっており、彼らを派遣することはできない。それに万が一、手に空きがあったとしても、お前らに貸し出すことは絶対にない』――そんな紙切れが、転送魔術で送られてきたきりでした」

特級冒険者がダンジョン攻略で忙しいというのは、おそらく本当のことだろうけど……最後の挑発的な一文は、完全に余計だ。

「冒険者ギルドも魔術協会《うち》も、常に戦力不足で喘《あえ》いでいるのは同じ……仕方がないといえば、仕方がないことなんです。こうして完全に八方塞がりになったその時、突如として校長先生が魔術協会へやってきました」

「先生が……?」

「はい。『儂の教え子が、えらく困っていると聞いてのぅ。どれ、特級クラスの冒険者を派遣してやろう。アレがいれば、なんの心配もいらぬわ』――そう言ってくださったんです」

……なるほどな。

今回の裏には、そういう事情があったのか。

なんというかまぁ……こちらの都合も顧みず、勝手な約束を取り付けてくれたものだ。

「私は自分が生まれ育ったこの島を――お母さんとの楽しい思い出がいっぱい詰まったこの場所を、どうしても守りたいんです……！　だから、どうかお願いします。アルトさんの力を貸してください……っ」

ルーンはそう言って、深く深く頭を下げてきた。

（………参ったな）

大切な友達からここまで頼み込まれたら、それがどれだけ難しいことだろうと、断ることなんてできない。

「――わかった。どこまで力になれるかはわからないけど、俺なんかでよければ協力させてくれ」

「あ、ありがとうございます……！」

ルーンは目尻に涙を浮かべながら、俺の両手をギュッと握り締めた。

「それで……ステラはどうする？　今回のクエストは、かなりヤバそうだ。なんだったら、王都へ戻ってくれても構わないぞ」

「何を言っているのよ。私たち三人は、冒険者学院の頃から、ずっと一緒に頑張ってきたトリオ！　アルトとルーンが戦うっていうのに、私だけ指を咥《くわ》えて見ているわけにはいかないでしょ？」

「あぁ、そうだな（……レックスもいるんだよなぁ……）」

「ステラさん、ありがとうございます！（あれ、レックスさんは……？）」

完全に存在を忘れられたレックス、彼のことは一旦置いておくとして……とにもかくにも、こうして俺たちは、『氷極殿の封印補助』に臨むことを決めたのだった。

◆

「それで、これからどうするんだ？」

俺の問い掛けに対し、ルーンは懐から書類を取り出す。

「えっと……夕方の四時にラココ族の村へ現着《げんちゃく》、今夜の『封印決戦』に備えて族長と会談、その後は流れに任せて――という感じですね。今はまだ午前十時なので……後六時間ほど、特にすることがありません。当初の予定ではこの空き時間を使って、派遣されてきた特級冒険者の方と話し合い、お互いの術式や簡単な連携などを共有するつもりだったのですが……」

ルーンは苦笑いを浮かべながら、ポリポリと頬を掻く。

「まぁ俺もステラもルーンも、それぞれの術式はほとんど知り尽くしているからな」

「連携だって、冒険者学院時代のものが丸々使えるしね」

「ええ、そうなんですよ」

俺たちは冒険者学院の三年間、互いに切磋琢磨《せっさたくま》しながら魔術の研鑽《けんさん》を積んできた。

今更わざわざ術式を開示する必要もなければ、急ごしらえの連携を組む必要もない。

「さて、これからどうしようか……。六時間って結構長いよなぁ」

「先にラココ族の村へ行っちゃうのは、駄目なのかしら？」

「先方からは、『きちんと時間通りに来るように』と言われています。どうやら今夜の封印に備え、朝早くから夕方頃まで、伝統の舞踊《ぶよう》と祈禱《きとう》を行うらしく……。その途中で来られても、迷惑なんだそうです」

なるほど……。

独自の文化や伝統なんかは、きちんと尊重する必要がある。

「ということは現状——」

「——完全に手持無沙汰ってこと？」

「すみません、そうなっちゃいますね……っ」

僅かな沈黙の後、ステラがポンと手を打った。

「そうだ！　せっかくカルナ島まで来たんだし、どうせなら遊んでいきましょう！」

「あっ。それ、名案です！」

その提案に、ルーンはすぐさま飛び乗った。

「えっ、いやでも……これは仕事だし……」

「大丈夫、大丈夫！　自由時間にリラックスするのも、仕事の一つよ！」

「行きましょう、アルトさん！」

「えっ、あっ、ちょ……ステラ、ルーン!?」

俺は二人に手を取られ、美しいエメラルドグリーンの海へ連れて行かれた。

あれから三十分後――俺は白い砂浜にパラソルを突き立て、下に敷いたレジャーシートに座っていた。

ステラとルーンが更衣室で着替えている間、『荷物の番』をしているのだ。

（しかし、高くついたなぁ……）

今回俺たちは氷極殿の封印を補助するため、カルナ島に来たのであって、決して観光目的で足を運んだわけではない。

当然ながら、持ってきた荷物の中に水着はなく……必然的に現地調達することになった。

ただまぁ、『観光地価格』というやつなのだろうか。

極々普通の水着が、通常の三倍以上の価格で売られていた。

（これで五千ゴルド、か……）

俺が今穿《は》いているのは、店の中で一番安かった水着だ。

（まぁ黒の無地だし、今後も使えると思えばギリギリ……アウトかなぁ……）

高いものは高い。

（……働こう）

身を粉にして、限界ギリギリまで働こう。

そうして勤労意欲をメラメラ燃やしていると、後ろの方からステラとルーンの声が聞こえてきた。

「アルトー！」

「アルトさーん、お待たせしましたー！」

「あぁ、ステラ、ルーン……っ」

振り向くとそこには、水着姿の絶世の美少女が二人。

「え、えっと……どう、かな……？」

「に、似合ってますかね……？」

ステラとルーンは頬を赤らめ、恥ずかしそうにしながら、感想を求めてきた。

ステラの水着は、可愛らしいビキニ。

白い布地に赤のライン、腰回りには白のパレオを巻いており、彼女の亜麻色の髪と健康的な肌にとてもよくマッチしていた。

ルーンの水着は、黒いホルターネック。

飾り気のないシンプルなもので、彼女の透き通るような銀髪と大人びた黒のコントラストが非常に美しく、思わず見惚《みと》れてしまいそうになった。

二人の豊かな胸と健康的やかな柔肌《やわはだ》が、視界を埋める。

「あ、あぁ……二人とも、とてもよく似合っていると思うぞ」

あまりにも刺激が強過ぎたため、視線を逸らしながら返答する。

「そ、そっか……っ。……ありがと」

「えへへ、嬉しいです」

ステラは亜麻色の髪を指でシュルシュルといじりながら、ルーンは恥ずかしそうに頬を掻きながら、天使のように微笑んだ。

「……（これは、目のやり場に困るぞ……っ）」

「……（や、やった……！　アルトが似合っているって、とても可愛らしいって、好きかもしれないって言ってくれた……！）」

「……（黒の水着はちょっと恥ずかしかったですけど……。アルトさん、気に入ってくれたみたいでよかった……っ）」

なんとも言えない沈黙が降りる中、

「そ、それじゃ張り切って遊ぼうか！」

「え、えぇ！　せっかくの海だもんね！」

「はい、全力で楽しみましょう！」

俺たちは妙なハイテンションに身を任せ、海へ向かってひた走るのだった。

その後、みんなで白波に揉まれたり、レンタルしたビーチボールで遊んだり、スイカ割り大会に参加したり――カルナ島の海を満喫。

お昼は近くの出店で、カレーライス・焼きそば・イカ焼きなんかを適当に頼み、みんなで取り分けておいしく食べた。

そうして思いっ切り遊んだ後は、観光名所の一つ『ラコルタ博物館』へ足を運ぶ。

（これはまた、凄い資料の数だな……っ）

歴史的な価値のある魔具・ラココ族の民族衣装・威風堂々とした古い石像――広大な博物館の中には、様々な展示物が所狭《ところせま》しと飾られていた。

カルナ島で育ったルーンは、何度もここへ通ったことがあるのだろう。

俺とステラが気になった展示物なんかをわかりやすく説明してくれた。

彼女の柔らかい口調で紡がれる話は、合間に豆知識や小話なんかも入れてくれているため、とても面白くて楽しかった。

「――ねぇルーン、これはなんの絵なの?」

ステラがふと足を止め、『名称不明』という立て札の掛けられた、大きな壁画を指さした。

そこに描かれているのは、青白く描かれた女性・中空に浮かぶ大きな結晶・必死に逃げ惑う人々――おそらく相当古いものなのだろう、非常に抽象的な描き方だ。

「こちらの壁画は今から千年以上も昔、『神代の魔女』がカルナ島に降り立った時、ラココ族の画家が描いたものだと言われています。彼女は恐ろしい『氷の魔法』を振るい、ありとあらゆるものを氷漬けにしたとか……」

「その恐ろしい化物が、氷極殿の最下層に封印されているのよね……?」

「はい、こうしている今も大暴れしているみたいです」

千年前の魔女、か……。

本当にスケールの大きな話だ。

それからしばらくの間、博物館の中を歩き回っていると――非常によく目立つ、とても大きな立方体が目に入った。

(これは……石碑?)

よくよく見れば、その表面には、文字らしきものが薄《う》っすらと刻まれている。

(……古代文字っぽいな……)

ほとんど消えているため、これではちょっと読めない。

「なぁルーン。この石碑について、教えてくれないか?」

「はい。その大きな立方体は、『ラココの真碑《しんぴ》』。ラココ族に古くから伝わる、不思議な石碑です。ちなみに……目の前のそれは、複製魔術で生み出された、とても精巧な複製《レプリカ》。原典《オリジナル》は、村の祠《ほこら》で大切に保管してあるそう」

「へぇ、そうなのか。……ところでこれ、表面に薄っすらと文字が刻まれているんだけど、なんて書かれているんだ?」

「確か……著名な考古学者が調べたところ、『万象を従えし救世《きゅうせい》の徒《と》、外界より現《あらわ》る時、天《てん》地鳴動《ちめいどう》す。天は鳴き、地は割け、歓喜の雷が降り落ちるだろう』だったと思います」

「その伝承、ラココ族はみんな信じているのか?」

「おそらく、みなさん信じていらっしゃると思います。ラココ族は伝統や文化を重んじる方たちですから」

「そうか、ありがとう」

これは中々、面白い話を聞くことができた。

天地鳴動――この伝承は、召喚のストックに加えさせてもらおう。

伝承召喚は、その起源が古ければ古いほど、人々がそれを信仰していれば信仰しているほど、より強い効果を発揮する。

(あまり戦闘向けじゃなさそうだけれど、いつかどこかで使える時が来るかもしれない)

手札は一枚でも多い方がいいしな。

ラコルタ博物館を十分に満喫したところで――時刻は午後三時三十分。

そろそろいい時間になってきたため、ラココ族の村へ向かうことにした。

「えっと……こっちの道を左ですね」

現地の詳細な地図を片手に、ルーンが道案内をしてくれる。

活気に溢れた中心部から離れ、鬱蒼《うっそう》と茂った森をしばらく進んで行くと――ラココ族の村が見えてきた。

おそらく総人口は百人にも満たないであろう、とても小さな村だ。

周囲には高い木の柵が建てられており、さらにそれを取り囲むようにして、深い堀が張り巡らされている。

そして――前方に見える大きな門には、衛兵と思われる二人の村人が立っていた。

（ふぅー……）

カルナ島の観光はもう終わり、ここから先は特級冒険者専用の超々高難易度クエストだ。

俺が気を引き締め直していると、

「私、ちょっと行ってきますね。魔術協会から発行された『入村許可証』があるんです」

ルーンはそう言って、正面の門を守る二人のもとへ向かい――村へ入る許可をもらった。

「魔術協会の特使様と特級冒険者様ですね。どうぞこちらへ――」

門を守っていた一人が、恭しく頭を下げ、村の中へ入っていく。

（大変申し訳ないんだけど、特級冒険者じゃないんだよなぁ……っ）

俺たちは彼の後に続き、ラココ村へ足を踏み入れた。

「……見られているな」

周囲には、まったく人影がないけれど……。

よくよく意識を払えば、すぐにわかった。

みんな家の中に引き籠り、窓越しにジッとこちらを見つめているのだ。

「まぁ余所者《よそもの》だからね」

「こんなに注目されると、なんだか心臓がバクバクしちゃいます……っ」

村民にジロジロと見られながら、中央の一際大きな建物に入る。

それは巨木を刳《く》り抜いて作った独特な家屋。

どうやらここが、族長の家らしい。

客室のような場所へ通され、長椅子に座りながら待つこと数分——奥の扉が勢いよく開かれた。

先頭を歩むのは屈強な大男、それに付き従うのは三人の村民。

おそらくあの男性が、ラココ族の長《おさ》だろう。

「——ラココ族の長ディバラ・マスティフだ」

ディバラ・マスティフ。

剃り上げられたスキンヘッド、身長は百九十センチほど、年齢はおそらく五十代半ば。

大きく厳《いか》めしい目・額《ひたい》に走った古い傷痕・小麦色の隆起した筋肉。

赤・黄・緑と明るい彩色がふんだんに使用された衣服は、きっとラココの民族衣装だろう。

短い自己紹介を終えたディバラさんは、品定めするような目をこちらへ向けてくる。

「――ディバラさん、お初に御目《おめ》にかかります。私は魔術協会の特使ルーン・ファーミです。そしてこちらが――」

「冒険者ギルドより派遣されてきました、D級冒険者アルト・レイスです。よろしくお願いします」

「同じく、冒険者ギルドより派遣されてきました、B級冒険者ステラ・グローシアです」

俺たちが自己紹介した直後、

「――帰れ」

まさに開口一番、はっきりとした拒絶を告げられた。

「あ、あの……せめてお話だけでも――」

「――儂は『特級』を要請したはずだ！　貴様等《ら》のようなどこの馬の骨とも知れぬ三流冒険者では、戦力の足しにもならぬ！　疾《と》く、帰るがいい！」

やっぱりというかなんというか……まったく歓迎されなかった。

「ち、父上……っ。せっかく冒険者の方が来てくださったというのに、そんな言い方はないいんじゃないですか……？」

ラココ族の若い女性が、諫《いさ》めるように言った。

父上という呼び方からして、ディバラさんの娘なのだろう。

「やかましい！　そもそも儂は、冒険者ギルドや魔術協会のような余所者に頼るつもりなどなかったのだ！　それを貴様、勝手に外部と連絡を取りおって……！　ラココの誇りを忘れたのか⁉」

「し、しかし……！　私たちの力だけでは、もはや封印を維持できません！　このままでは神代の魔女が復活を果たし、カルナ島が滅んでしまいます……！」

「それを阻止するのが、我らラココの『至上の使命』だろうが！」

「その通りでございます！　封印の維持こそが、我らの至上の使命！　これを全うするためならば、たとえ部族の矜持《きょうじ》に合わぬ方法でも、迷わずに選択するべきではないでしょうか⁉　外部の者の力を借りてでも、神代の魔女を封印し続ける――これこそが、祖霊《それい》の願いではないのでしょうか⁉」

「ぐっ……こ、の、馬鹿娘が……っ。くだらぬ屁理屈を並べおって……！」

ディバラさんは大きく手を振りかぶり、女性はキュッと目をつむった。

（……ラココ族の問題に首を突っ込むつもりはないけど……）

さすがにこれは見逃せないな。

（――簡易召喚・スライム）

踵をタンと打ち、召喚術式を地面に刻む。

「ぴゅ……いぃ⁉」

ディバラさんの平手打ちは、スライムに直撃。

「ぬっ⁉」

「え？」

しかし、スライム種に打撃は無効。

「ぴゅいー！」

見事にクッションの役割を果たしたスライムは、俺の肩にぴょんと飛び乗った。

「……小僧。なんのつもりだ？」

「すみません。うちの子、元気いっぱいなものでして……時々ひょっこり飛び出しちゃうんですよ」

素知らぬ顔をしながら、あくまで今のは『事故だ』とすっとぼける。

緊迫した空気が流れる中、ルーンが頑張って声をあげた。

「あ、あの……！　こちらのアルト・レイスは、確かに特級ではありませんが……。実は、冒険者ギルドにおける『秘密兵器的な存在』なんです！　だから、なんというかその……彼の大魔術を見れば、みなさんにもきっと納得していただけると思います！」

必死に説得を試みる彼女に対し、

「はぁ……」

ディバラさんは大きなため息をつく。

「そこまで言うのならば、一度だけチャンスをくれてやろう。もしもこのＤ級が、儂を納得させるほどの大魔術を披露したならば、特級クラスの冒険者と認めてやる。ただし――儂の貴重な時間を使うのだ。もしも失敗すれば、それ相応の代償は覚悟してもらうぞ……？」

彼は完全にこちらを見下しきった目で、そんな脅し文句を突き付けてきた。

（はぁ……。どうしてこう最近、トラブル続きなんだろうか……）

俺は心の中で小さなため息をつきながら、ディバラさんの提案を引き受けることにした。

「アルトさん、すみません……。私が我がままを言ったばかりに、いろいろとご迷惑をお掛けしてしまい……っ」

ルーンはとても申し訳なさそうに、訥々《とつとつ》と謝罪の言葉を紡ぐ。

「いや、気にするな。君のせいじゃないよ」

彼女は何も悪くない。

生まれ育った故郷を守りたいという思い、お母さんとの思い出の場所を大事にしたいという気持ち——この優しい心は間違いなく、ルーンの美点だ。

「ねぇ、アルト……。このディバラとかいう族長、なんかちょっとムカつくわ。とっっってもこの強力な召喚魔術で、ぶっ飛ばしちゃいましょう！」

昔から血の気の多いステラは、小声でとんでもない提案を口にした。

「さ、さすがにそれはちょっとな……っ」

そんなことをしたら、ラココ族との関係は修復不能。

下手をすれば、その場で全面戦争になってしまう。

そうなれば当然、封印の補強・修繕《しゆうぜん》もままならず……明日にも神代の魔女が復活し、カルナ島が壊滅する。

（つまり、今求められているのは……ラココ族に迷惑を掛けず、ディバラさんが腰を抜かすような大魔術）

そういえば一つ、ちょうどいいものがあったな。

「ディバラさん、ここでは少しわかりにくいと思うので、あちらの広場へ移動してもよろしいでしょうか？」

「わかりにくい？　……まぁいいだろう。D級冒険者様がいったいどんな大魔術を見せてくれるのか、ある意味で楽しみだ」

それから俺たちは、村の中央部へ移動。

（……よしよし、みんなちゃんとこっちを見てくれているな）

ラココ族の村人たちは、依然として家の中に引き籠りながら、ジッとこちらを注視していた。

「――さて、『冒険者ギルドの秘密兵器』とやらのお手並み、そろそろ拝見させてもらおうではないか」

ディバラさんはそう言って、底意地の悪い笑みを浮かべた。

「それでは――伝承召喚・天地鳴動」

俺が『空』の手印を結んだ次の瞬間、

「ぬぉ……!?」

天は甲高い鳴き声をあげ、地は激しく割り裂け、神々しい迅雷が降り注ぐ。

（……思ったよりも強力だな）

ラココ族の村で、大勢のラココ族に囲まれながら、ラココ族の伝承を召喚すれば、ちょうどいい大魔術になるかと思ったんだが……。

これは想像以上の出来だ。

天地鳴動が発動すると同時――ラココ族の村人たちが、一斉に家から飛び出してきた。

「こ、これは……ラココの真碑に刻まれた『天地鳴動』⁉」

「もしやあの御方、言い伝えにあった『救世主』なのでは……⁉」

「間違いない！　我らの舞踊と祈禱が、天に届いたのだ！」

驚愕に目を見開く者・歓喜に打ち震える者・祖霊に祈りを捧げる者――彼らはみんな両手を組み、俺の前に平伏《へいふく》した。

これは何やら、妙な誤解をされてしまっているようだ。

「あっ、あの……今のは伝承召喚という魔術であって、俺は決して救世主なんかじゃ――むぐ⁉」

真実を打ち明けようとしたその時、背後からステラとルーンに口を塞がれてしまった。

「せっかくいい感じに勘違いしてくれているんだから、このまま『救世主』で押し通しましょう！」

「正直なのはとてもいいことですが、こういう時ぐらいは強《したた》かにやるべきかと……！」

二人の吐息と小さな声が耳元に掛かり、背中には温かく柔らかい感触。

「わ、わかった……っ。言う通りにするから、ちょっと離れてくれ……！」

俺たちがそんなやり取りをしていると――。

「あ、あり得ん……！　こんなものはトリックだ！　ただのマヤカシに違いない……！」

酷く狼狽《ろうばい》した様子のディバラさんは、

「儂は認めぬぞ！　貴様が救世主であるわけがないのだ！　絶対に認めぬからな……！」

絶対に認めない宣言を残し、自分の家へ駆け込んでしまった。

（う、うーん……。これはどうしたものか……）

村人からの大きな信頼は勝ち取れたけど、族長との関係は非常に険悪《けんあく》。

この後どのように行動すべきかを考えていると、

「救世主様、どうぞこちらへ――最長老様《さいちょうろう》のもとへおいでください」

ディバラさんの娘に連れられ、村の最奥にある一軒家へ通された。

✦

最長老様の御自宅は、古い大木が三本寄り添ってできた、非常に独特なものだった。

広い客間に通された俺たちのもとへ、温かいお茶が差し出される。

「私は族長ディバラの娘、ヒリン・マスティフと申します。ただ今最長老様をお呼びしておりますので、もう少々お待ちくださいませ」

お茶を運んできてくれたのは、ヒリン・マスティフ。

身長は百六十センチほど、おそらく俺と同い年ぐらいだろう。

黒い長髪を後ろで結《ゆ》った、清廉で落ち着いた雰囲気の人だ。

「先ほどは父が大変な失礼を働き、本当に申し訳ございませんでした。それと……守っていただき、ありがとうございます。救世主様の深き御慈悲に感謝を」

彼女はそう言って、謝罪と謝意を述べた。

「いえ、気にしないでください。本当に大したことはしていませんから」

俺はただ簡易召喚を展開しただけであり、頑張ってくれたのはうちの可愛いスライムだ。

そんな話をしていると——奥の方から、独特な気配が近付いてきた。

古びた襖《ふすま》がスッと開き、側仕《そばづか》え二人を引き連れた老齢の女性が、小さく頭を下げた。

「お初に御目にかかる。アルト殿、ステラ殿、ルーン殿。よくぞラココへいらっしゃった」

最長老様は木の杖《つえ》を突きながらゆっくりと進み、一人掛けの大きな椅子へ腰を下ろす。

（……目が見えないのか）

両目はずっと閉じられたままだが、どこか不思議な貫禄《かんろく》を放っている。

ちなみに……ヒリンさんの話によれば、最長老様は今年でなんと御年百七十歳を迎えるそうだ。

「村の者から、アルト殿が伝承にありし『救世主』だと聞きました。それは真でございましょうか？」

「えっと、あの…………はい、そうなのかも、しれません……」

悩みに悩んだ結果——俺は仕方なく、嘘をつくことにした。

心がズキズキと痛むけど、これも全てはラココ族とカルナ島に住むみんなのためだ。甘んじて受けることにしよう。

「ふむ……御手《おて》を拝借《はいしゃく》してもよろしいですかな？」

「手、ですか……？」

「ええ。古くより、手は口ほどにモノを語ると言います。友誼《ゆうぎ》を交わすのも、術式を結ぶのも、心を汲《く》むのも、全ては手を介して行われるのです」

「なるほど、確かにそうですね」

最長老様の差し出した右手に、自分の右手を重ねた。

「……おぉ、これはこれは……。慈愛《じあい》に溢れた善なる心、そして——なんと懐かしき魔力であろうか。もはや間違いあるまい。この御方こそ、伝承にありし救世主じゃ」

「おぉ！」

「やはりそうであられたか！」

「あぁ……偉大なる祖霊の導きに感謝を……っ」

最長老様が太鼓判《たいこばん》を押したことにより、村人たちの誤解は一層深刻になってしまった。

「——救世主殿、どうかこの老いぼれの話を聞いてくだされ」

最長老様は一呼吸を置いた後、ゆっくりと語り始める。

「今から千年以上も昔、この地に神代の魔女という化物が降り立ちました。其《そ》の者は邪悪な氷術《ひょうじゅつ》を操り、カルナ島はおろかリーゼル大陸を丸ごと氷漬けにした。そうして『氷の大帝国』を築いた魔女ですが……その天下も長くは続きません。あまりに勢力を広げ過ぎた故、彼《か》の大魔王に目を付けられてしまったのです」

……なんだか嫌な予感がする。

「大魔王はその圧倒的な魔力と神の如き魔術をもって、神代の魔女を封印。氷の大帝国は一夜にして滅び、世界は——ラココ村は雪解けを迎えたのです」

「だ、大魔王の封印……⁉」

「わ、私も初耳です……っ」

ステラとルーンは、小声でそんなやり取りを交わす。

（ふぅー……。なるほど、そういうことか…）

脳裏を過《よぎ》ったのは、冒険者ギルドで交わされた、俺とマッドさんのあの会話だ。

『それほど強力な封印術式、いったい誰が構築したんですか？』

『えっ、いやそれは……ッ。あ、あー……すまない。ちょっとド忘れしてしまったみたいだ。あはは、いやぁ年は取りたくないものだね』

マッドさんは知っていたんだ。

氷極殿の封印を構築した術者が、あの大魔王であることを。

しかしそれをこちらへ伝えれば、『A級冒険者専用のクエスト』という『嘘』がばれてしまう。

だから、意図的に情報を伏せた。

まぁおそらくこれは、校長先生からの指示だろうな。

（しかし、神代の魔女……。あの大魔王が『殲滅』ではなく、『封印』を選んだほどの相手か……）

俺が警戒を強めていると――最長老様が、その後の歴史を語り始めた。

「我らが偉大なる御先祖様は、大魔王の封印術式を何百年と掛けて必死に解読し、それを族長相伝の術式として継承してきました。そうやって千年という長きにわたり、大魔王の残した封印を維持してきたのですが……。今より三年前、先代の族長ロンゾ・マスティフが流行《はや》り病で急逝《きゅうせい》。相伝の術式が、途絶えてしまいました」

彼女は複雑な表情で話を続ける。

「次代の族長に就いたディバラは、才気に溢れる稀代《きだい》の大魔術師なのですが……。やはり相伝の術式なくしては、封印を維持することも難しく。今やもう、大魔王の封印術式は崩壊寸前となっております」

苦しい現状を語った最長老様は、瞼《まぶた》の降りた目を真っ直ぐこちらへ向けた。

「ただそれでも、ディバラは村を守るため、必死に精《せい》を尽くしております。この一週間なぞは片時も眠らず、毎日氷極殿へ赴き、自身の魔力で封印を補強しておるのです。『儂には学《がく》がないゆえ、こんなことしかできぬ』と涙をこぼし、焼け石に水とわかりながら、それでも氷極殿で魔力を燃やし続ける。不器用で愚かな男ですが、その根は決して腐っておりませぬ。――先刻、あやつが救世主殿に無礼を働いたと聞きました。私の顔に免じ、どうか許してやってはいただけないでしょうか」

彼女が深く頭を下げたところで、玄関口の扉が荒々しく開かれ――ディバラさんが顔を出した。

「――最長老様。そのような偽物に、我が部族の歴史を語り聞かせる必要はございませぬ。ましてや貴方様が頭を下げるなど、あってはならぬことです」

「……ディバラよ、この御方は真実の救世主であらせられる。それをあろうことか『偽物』など……失礼な物言いはよせ」

最長老様は真っ白になった目をカッと見開き、凄まじい圧を放つ。

（……この人、相当お強いな）

齢《よわい》百七十を超えて、この漲《みなぎ》る大魔力。

現役時代は、さぞや凄腕の術師だったに違いない。

「…………儂はこのような余所者を、ましてやD級冒険者などを認めませぬ。認めはしませぬが……どうやらこの男、魔術の覚えはあるらしい。今夜決行する『封印決戦』、その端に置いてやってもよいと思っております」

おそらくは村人からの強い説得を受けたのだろう。

ディバラさんは不承不承といった様子で、封印への協力を認めてくれた。

「『端に置いてやってもよい』ですってぇ……？」

彼の言葉に引っ掛かったのは——もちろん、ステラだ。

「なんだ小娘、文句でもあるのか？」

「文句ありありよ！　せっかくアルトが手伝うって、言ってくれているのに……『ありがとう』の一つでも言ったらどうなのかしら!?」

「す、ステラ……気持ちは嬉しいけど、俺のことは大丈夫だから……っ」

「父上！　アルト様は遥か古《いにしえ》より伝わりし救世主様でございます！　言葉遣いには、くれぐれもお気を付けください！」

俺とヒリンさんに宥《なだ》められた二人は、

「むぐぐ……っ」

「ぐぬぬ……っ」

お互いに睨み合いながらも、ひとまず矛《ほこ》を収めた。

（ステラとディバラさんの相性は最悪だな）

この二人は、あまり近付けない方がいいだろう。

その後、俺たちは今夜の封印決戦に備え、綿密な作戦会議を始めるのだった。

作戦の決行は今夜零時。

なんでもその時間帯は、ラココ族の魔力が最も高まるそうだ。

作戦開始までの数時間、それはまぁいろいろと大変だった。

ラココ族のみなさんは、俺のことを救世主だと信じて疑わず……。

「救世主様、どうかうちの子の頭を撫でてやってはくれないでしょうか……！」

「救世主様、何か御言葉を賜《たまわ》れないでしょうか⁉」

彼らのお願いを一つ一つ聞いていったら……思いのほかヘトヘトになってしまった。

そんな風にして時間は流れていき、夜の十一時三十分。

いよいよ氷極殿へ突入する。

封印決戦に臨むのは、総勢五十人。

俺・ステラ・ルーン・ディバラさん・ヒリンさん、その他大勢のラココ族の魔術師。

足の悪い最長老様は、家の中で祈禱を続けるそうだ。

氷極殿への入り口は、ラココ族の祠。

秘密の隠し扉を開け、静かな地下室を進んで行くと――極寒の冷気が吹き上がってきた。

「さ、寒《さむ》……っ」

「これは冷えますね……ッ」

俺は武装召喚で炎獅子《えんじし》のローブと太陽神の法衣《ほうい》を取り出し、ステラとルーンの肩に掛けてあげる。

「俺のでよかったら使ってくれ」

「ありがとう、アルト。……あぁ、温かぃ……」

ステラは柔らかく微笑み、

「アルトさんの使った服……」

ルーンはなんと、においを嗅《か》ぎ始めた。

「あ、あの……においを嗅ぐのはちょっと……っ」

「え……？　あぁっ⁉　す、すみませんすみません……！　今のはつい魔が差してしまっただけなんです……！　別に冒険者学院の頃から、隠れてこっそりこんなことをしていたわけじゃありませんので……！」

彼女は顔を真っ赤に染め上げ、必死に両手を左右に振った。

「あ、あぁ、わかった」

俺の保管してある魔具は、使用した後はもちろんのこと、最低でも月に一度はちゃんと手入れしてあるから、多分変なにおいはしなかった……はずだ。

（というか、冒険者学院の頃から……？）

……いや、深く考えるのはよそう。

ルーンがここまで必死に「やっていない」と言うのだ。

大切な友達の言葉を信じなくてどうする。

そうこうしているうちに、あっという間に中層へ到着した。

「――これより先、大魔王の呪いによって、氷極殿はダンジョンと化しておる！　みな、心して掛かるのだ！」

ディバラさんが警告を発し、先陣を切って突き進んで行く。

邪悪な魔力と不気味な瘴気を掻き分けていくと――Ｂ級モンスターの群れに遭遇。

（……この程度なら、『武装』もいらないかな）

俺が両手両足に魔力を込めたその時――。

「天道術《てんどうじゅつ》・日輪《にちりん》！」

「潜影呪術《せんえいじゅじゅつ》・蟒蛇《うわばみ》！」

「魔笛演舞《まてきえんぶ》・焔！」

ラココ族のみなさんは一斉に魔術を展開、迫り来るモンスターの群れをあっという間に片付けた。

（……不思議な魔力だな）

魔力というものは、人それぞれに特色があるのだが……。

彼らのものは、それがどこか濁っていた。いや、正確には混ざっているというのが適切だ。

（これは……なるほど、『降霊術』の一種か）

おそらくは、昼間行っていたという舞踊と祈禱の効果なのだろう。

彼らの魔力と身体能力は、祖霊の加護によって、大きく向上しているようだ。

その後、破竹《はちく》の勢いでモンスターたちを蹴散らし、いよいよ最下層へ辿《たど》り着く。

眼前にそびえ立つのは、巨大な漆黒の扉。

この先に、神代の魔女が封印されているのだ。

ディバラさんはこちらへ向き直り、ゴホンと咳払いをする。

「作戦会議の時にも説明したが、もう一度周知を徹底しておこう。大魔王の封印は最下層全域に効果を及ぼしており、封印術・結界術の類《たぐい》は機能せぬ。特に防御の際、いつもの癖で結界術を展開せぬよう注意するんだぞ？」

全員が頷いたことを確認した彼は、静かに両手を扉に掛ける。

「――では、行くぞ！」

ディバラさんが勢いよく扉を押し開けた次の瞬間、

「「「～～ッ」」」

超高密度の魔力が吹き荒れ、ラココ族の魔術師たちが顔を真っ青に染めた。

「そ、そんな……『第四術式』までもが、完全に破られている⁉」

「残すはもはや第五術式のみ。これではもう後一刻《いっこく》もしないうちに……ッ」

どうやら事態は、思ったよりもずっと深刻なようだ。

「狼狽《うろた》えるな！　敵は所詮、封印に囚われし『哀れな魔女』だ！　さぁ、すぐに持ち場へ――」

ディバラさんの号令に紛れて、透き通るような声がシンと響く。

「――血氷術《けつひょうじゅつ》・限久凍土《げんきゅうとうど》」

刹那、途轍もない大魔力の込められた猛吹雪が、視界を真っ白に染めた。

「馬鹿、な……⁉（まだ第五術式が機能している状態で、なんだこのふざけた出力は⁉　迎撃

――儂の展開速度では間に合わぬ。回避、不可。術式の範囲が広過《ひろす》、駄目だ……死――）」

「――異界《いかい》召喚・下下炎獄」

瞬間、敵の放った強烈な猛吹雪は、炎獄の熱波に呑まれ――世界が『純白』から『紅蓮』へと塗り替えられていく。

灼熱の業火《ごうか》が噴き上がり、煮え滾《たぎ》る溶岩が地を這う。

『下下炎獄』という焦熱《しょうねつ》の異界が、氷極殿の最下層を浸食していった。

「ホォ、イキナリ我ガ世界ヲ召喚スルトハ……。此度ノ相手、カナリノ強者ト見タゾ！」

凶悪な笑みを浮かべた炎鬼オルグが、下下炎獄の軍勢を引き連れて顕現。

すると――。

「ほぅ……。あの刹那で異界を構築するとは、中々に優れた術師がいるようだ……」

未だ先の見通せない雪化粧《ゆきげしょう》の奥、神代の魔女の声が不気味に響く。

「――散開！」

ディバラさんが大声を張り上げ、ラココ族の魔術師たちは一斉に移動を開始、それぞれの『持ち場』へ走り出した。

千年前に大魔王が構築した封印魔術――『天領芒星《てんりょうぼうせい》』。これは五芒星の五角《ごすみ》に五本の魔力《まりょく》柱《ちゅう》を構築し、星の中心にいる対象を封印するという術式だ。

今回の戦術目標は、千年という時間の流れに晒され、崩壊寸前となった天領芒星の再構築。

俺たちはこれを為《な》すため、それぞれの持ち場に――五芒星の五角につき、今にも消えてしまいそうな魔力柱を補強しなければならない。

ただしそれには、文字通り『莫大な魔力』が必要となる。

ラココ族の魔術師十人が死力を尽くし、なんとか魔力柱の一本を安定させられるかどうか……という具合だ。

しかも、大魔王の術式ということもあって、封印の構成は極めて複雑怪奇。

魔力柱の術式構成を解きほぐし、そこへ魔力を流して補強する。

この一連の作業には、魔術への深い理解と潤沢《じゅんたく》な魔力と大量の時間が必要なのだ。

そしてもちろん――神代の魔女が、これを見逃すわけがない。

「――血氷術・月華晶《げっかしょう》」

視界の通らぬ銀世界の奥から、鋭い氷の華が次々に殺到する。

「オルグ、炎炎陀羅尼！」

「ヌゥン！」

彼が両手を合わせれば、百八の大炎塊が浮かび、迫り来る月華晶を燃やし尽くす。

「その焰……なるほど、下下炎獄の鬼か。もはや何代目の首領《しゅりょう》になるのや知らぬが、相も変わらず暑苦しい限りじゃのぅ」

神代の魔女はそう言って、苛立たしげに舌を打つ。

炎獄の鬼とやり合うのは、今回が初めてじゃないらしい。

「さて、と……神代の魔女。そろそろ顔ぐらい、見せてくれてもいいんじゃないか？」

オルグへ大量の魔力を供給し、彼の基礎能力を大きく向上させる。

「ちょっと大きめのを頼む」

「ヨカロウ」

彼の手元の空間が歪み、極大の噴火口《ふんかこう》が出現。

「――明王崋山《みようおうかざん》！」

凄まじい魔力を内包した炎が、爆発的な勢いで解き放たれ、前方に広がる氷のカーテンを消し飛ばす。

大量の水蒸気が発生し、ようやく視界が開けるとそこには――巨大な結晶に囚われた、美しい女性がいた。

（あれが神代の魔女、か……）

背中まで伸びた、真っ直ぐな蒼《あお》い長髪。

身長はおそらく百七十ほど、外見上の年齢は二十代半ばぐらいだろうか。

どこまでも澄み切った群青の瞳・スラッと伸びた細い肢体《したい》・均整《きんせい》の取れた美しい顔。豊かな胸にくびれた腰付き、その完璧なプロポーションには非の打ちどころがなく、思わず息を呑むほどの絶世の美女だ。

青と白を基調とした着物を纏った彼女は、結晶の中で妖しく微笑む。

「ふむ、驚いたぞ。まさか『銀海《ぎんかい》の壁《かべ》』をこうも容易く突破するとは……見事だ。神代にも、これほどの召喚士はそういなかった。褒めて遣わそう」

「それはどうも」

これはまた、偉そうな魔女様だ。

「儂は神代の昔より、魔術を探求しておるイリスという術師じゃ。そこの召喚士、名乗るがよい」

向こうが先に名乗ったのなら、こちらも返すのが最低限の礼儀。

「アルト・レイス」

「……レイス？　その名前、どこかで聞いたことが………ふむ、これも封印の影響か。まだ頭がしゃんとせぬな」

イリスは小さく頭《かぶり》を振った後、素早く周囲に目を向けた。

「なるほどなるほど……儂と張れるのは、アルトぐらいのようじゃな」

彼女は小声で何かを呟いた後、スッとこちらへ右手を伸ばす。

「手を組もう」

「……え？」

「現状、お主さえ邪魔をせねば、儂は今夜にでもこの憎き封印を破壊できる！　そうして完全復活を果たした暁《あかつき》には、再び『氷の大帝国』を築き、今度こそ世界征服を成し遂げるのじゃ！──もちろん、優れた召喚士であり、協力者である小僧には、それ相応の地位《ポスト》を用意しよう。どうじゃ、悪い話ではなかろう？」

なんともまぁ馬鹿げた話だけど……好都合だな。

今は一分一秒でも長くイリスの足止めをし、ディバラさんたちが魔力柱を補強する時間を稼ぎたい。

（それにまぁ……考えようによっては、『神代《しんだい》の生き証人』と話せるまたとない機会だ）

時間稼ぎ＋情報収集ということで、ちょっと会話に乗るとしよう。

「世界征服、ね。こう言っちゃあれだけど、あんまり最近の流行じゃないぞ？」

「かかっ、馬鹿を言え。いつの時代であれ、天下取りは万人の憧憬《どうけい》じゃろう。そして――あの憎き大魔王が死んだ今、次代の覇者は、この儂の他におるまい！」

随分な自信だが……その前に一つ、引っ掛かることがあった。

「どうして大魔王が死んだと？」

イリスは千年もの間、ずっとこの結晶の中に封印されており、意識が覚醒したのもほんのつい最近と聞く。

それがどうして、大魔王の死を知っているのだろうか？

「もしもアレが健在だったならば、儂は未来永劫《えいごう》、この中から出られぬ。そもそもの話、こうして目を覚ますことさえないじゃろう。大魔王は、文字通り『魔の王』。その術式は完全にして無欠であり、何千年と経てども朽ちることはない。しかし――現実はこうじゃ！」

彼女は両手を広げ、嘲笑を浮かべる。

「天領芒星は、年々その力を弱めていき、今やもう崩壊寸前！　ここから導き出される結論は一つ――あの化物は、死んだのであろう？」

「あぁ、そうだ」

「かかっ、やはりな。――して、誰に殺られた？　主神か？　精霊王か？　はたまた忠臣に背を刺されたか？」

「いいや、『伝説の勇者パーティ』によって滅ぼされたんだ」

俺がそう答えた瞬間、

「くっ、かか……かかかかかかかか……ッ！　アルト、これはまた面白いことを言うではないか！」

　イリスは手を打ち鳴らし、腹の底から大笑いを始めた。

「この儂が断言してやろう！　たとえ天地がひっくり返ろうとも、それだけは絶対にあり得ん！」

「どういうことだ？」

「たかだか人間風情が、大魔王を滅ぼした？　そんな戯言《たわごと》は、あの化物を直視していないから口にできるのだ！　傲岸不遜《ごうがんふそん》なる主神や自意識の権化《ごんげ》たる精霊王でさえ、アレと直接矛を交えることだけは避けた。儂を封印した男は、それほどの規格外なのじゃ！　断じて、人間に敗れるほど軟弱ではないわ！」

　彼女はそう言って、伝説の勇者パーティの逸話《いつわ》を真っ向から否定した。

（……この感じ、嘘をついているわけじゃなさそうだな）

　イリスの言うことが真実だとするならば、俺たちは嘘の歴史を教えられてきたということになる。

　しかし、誰がそんなことを？

　いったいなんのために？

「――とかく。大魔王の死については、調べてみる必要がありそうじゃ。そもそもの話、アレが負ける姿なぞ、儂には想像すらできぬ。世界を征服した後、ゆるりと『謎』を解き明かすとしよう」

　そうして復活後の活動方針を定めた彼女は、思い出したかのようにポンと手を打ち鳴らす。

「――っと、話が横道に逸れてしもうたな。どれ、そろそろ先の返答を聞かせるがよい」

……うん、ここまでかな。

チラリと周囲を見渡せば、既に全員が持ち場につき、魔力柱の補強へ入っていた。

（よしよし、いいぞ）

けっこう面白い話が聞けたし、何より時間がかなり稼げた。

最高の滑り出しを決めたところで、予め用意しておいた回答を口にする。

「悪いけど、イリスとは手を組めないよ。お前のように危険な奴を復活させるわけにはいかないからな」

「では、絶《た》えろ。血氷術・曝氷聖殿《ばくひょうせいでん》」

彼女もこちらの返答を予想していたのだろう。

なんの躊躇もなく、微塵の容赦もなく、僅かな遠慮もなく、大魔術を行使してきた。

（これはまた、規模のデカい魔術だな）

天より降り注ぐ、数多の巨大な氷片。

「――オルグ、碧羅万焦《へきらばんしょう》」

刹那、太陽の如き灼熱の炎球が膨れ上がり、曝氷聖殿《ばくひょうせいでん》を焦がし尽くす。

「かかっ！　その若さで、よき魔力と術を持っておる！　千年ぶりの魔術合戦、楽しませてもらおうではないか！」

イリスは不敵な笑みをたたえながら、新たな魔術を展開。

「――血氷術・月樹零界《げじゅれいかい》！」

彼女の背後に蒼い月が浮かび上がり、極寒の冷気を帯びた木々が場を支配していった。

下下炎獄と月樹零界――互いの『世界』は激しくぶつかり合い、紅焔と白氷《はくひょう》が相克《そうこく》する。

「さぁ、はじめようぞ！　血氷術・銀槍乱舞《ぎんそうらんぶ》！」

イリスは好戦的な笑みを浮かべ、『武』の手印を結ぶ。

鋭い氷の槍が数十と生み出され、天高くより降り注いだ。

「武装召喚・焔日槍《えんにちそう》」

俺は同じ長物《ながもの》を召喚し、迫り来る氷槍を叩き砕く。

美しい銀氷が宙を舞う中、神代の魔女は攻撃の手を緩めない。

「――そこじゃ！　氷原鯰《ひょうげんなまず》！」

足元から大口を開けて飛び出してきたのは、氷塊で作られた巨大鯰。

俺はすぐさま跳び上がり、

「日輪の型・五の太刀――白虹《はっこう》の円！」

焔日槍で弧《こ》を描き、眼下の鯰を斬り伏せる。

(上に注意を誘導しつつ、本命は死角である足元、か……巧《うま》いな)

さすがは神代の魔女というべきか。

攻撃が多彩、かつ、いいところを狙ってくる。

そして何より――一つ一つの攻撃が、全て次手《じて》に繋がっている。

「――血氷術・結晶爆破ッ！」

俺の周囲を舞う氷の粒が眩い光を発し、途轍もない冷気を発しながら大爆発を巻き起こした。

「あ、アルト……!?」

「アルトさん⁉」

ステラとルーンの不安そうな声。

「さてさて、美しい氷像の完成じゃな。出来がよければ、儂のコレクションに加えてやろう」

勝利を確信したイリスの声。

だが、

「——大丈夫、問題ないよ」

俺は完全無傷のまま、周囲に漂う冷気を斬り払う。

「馬鹿な、今のは確実に直撃したはず……ッ」

「守護召喚・太陽神の祝福」

展開後一秒間、氷系統の魔術に対し、大きな耐性を獲得。

先の結晶爆破のような間接攻撃は、その性質上どうしても魔力が拡散し、瞬間的な火力に欠けてしまう。

あれぐらいの威力ならば、この加護一つで完封できるだろう。

「なるほど、『神の加護』さえ召喚するとは……恐れ入ったわ」

イリスは乾いた拍手を打ち鳴らした後、

「アルトを真に殺したくば、もっと直接的かつ大魔力の籠った一撃が必要というわけじゃな……！」

凶悪な笑みを浮かべ、その出力を大きく引き上げた。

それから俺たちは、魔術の粋《すい》を尽くした死闘を繰り広げる。

「伝承召喚・流流瀑布！」

「血氷術・崩天死雹《ほうてんしひょう》！」

下下炎獄により、灼熱の熱湯と化した大瀑布。

月樹零界により、絶対零度に至った雹弾。

両者は激しくぶつかり合い、煌びやかな魔力となって霧散していく。

現在の戦況は、完全に五分五分《ごぶごぶ》だった。

（神代の魔女イリス。術式の種類・展開速度・老獪《ろうかい》な戦術――全てがまさに『最高峰』！　今や一つ一つの術式が、確実にこちらの命を摘めるだけの魔力を秘めた『必殺』。……面白い！）

（召喚士アルト・レイス。変幻自在の召喚術・驚異的な魔力量・必要十分以上の近接格闘――ここまで戦闘に秀《ひい》でた召喚士も珍しい！　かかっ……面白いのぅ！）

最高峰の魔術合戦。

俺とイリスの顔には、充実の色が差していた。

「ははっ！　伝承召喚・雷光紫電！」

「よい！　よいぞ、小僧！　血氷術・月光氷刃《ひょうじん》！」

紫電を帯びた雷撃と月光を纏った氷刃が激突し、強烈な衝撃波が大気を打ち鳴らす。

両者の間合いが大きく開いたところで、彼女が天高く右腕を掲げた。

「互いの『技《ぎ》』は魅《み》せ合った！　次は趣向を変え、『力』と行こうぞ……！」

氷の樹木が枝を伸ばし、蒼い月へ纏わり付いていく。

おそらく、月樹零界を発展させた魔術だろう。

「さぁ、こいつをどう凌《しの》ぐ！　──血氷秘術・月輪【天征《てんせい》】！」

天の月が眩い蒼光を発した次の瞬間、莫大な魔力の籠った紺碧の波動が解き放たれた。

（これは、デカいな……っ）

だが、押し合い・圧《へ》し合い・力比べ。

原始的かつ単純なパワー勝負こそ、俺が最も得意とする分野だ。

「──現象召喚・日輪【極光《きょっこう》】」

刹那、獄炎の閃光が一直線に駆け抜けた。

日輪【極光】は、月輪【天征】をいとも容易く食い破り──イリスの封じられた結晶に直撃。

耳をつんざく轟音が鳴り響き、封印全体が大きく揺らぐ。

（あ、危なかったぁ……っ）

後ほんの少しでも出力を上げていれば、間違いなく天領芒星を吹き飛ばしていただろう。

「ちょ、ちょっと、アルト……!?　やり過ぎちゃ駄目だからね!?」

「わ、悪い……っ」

泡を吹いて焦るステラに対し、軽く手を前に突き出して謝罪。

（ふぅー、落ち着け落ち着け……）

封印決戦における、俺の大きな役割は時間稼ぎだ。

目の前の戦闘に夢中になるのではなく、自分の本分を全《まっと》うしなければならない。

ただ……。

「す、凄い……凄過ぎる……！」

「さすがは救世主様だ……！」

「あの神代の魔女を圧倒しておられるぞ……！」

ラココ族のみなさんは大興奮。

偶然とはいえ、士気《しき》が大きく向上したようだ。

そんな中――イリスは引きつった笑みを張り付け、額から一筋の汗を流す。

「か、かかか……っ。『死の恐怖』、か。そんな感情、久しく忘れておったわ……ッ」

俺とイリスの視線が静かにぶつかり合い、互いに新たな術式を展開しようとしたその時――

後方から、ステラとルーンが飛び出した。

「アルト、お疲れ様！　そろそろ『次の段階』よ！」

「アルトさん、スイッチです……！」

「あぁ、わかった。――オルグ、二人のサポートを頼む」

「ヨカロウ」

俺は大きく後ろへ跳《と》び下がり、自分の持ち場へ移動する。

（……よしよし、今のところは順調だな）

ディバラさんたち約五十人が担当する四本の魔力柱は、かなりいい具合に補強が進んでいる。

氷極殿に乗り込む前――俺たちは最長老様の家に集まり、『三段階の作戦』を話し合った。

第一段階。

俺が神代の魔女を足止めし、ステラ・ルーン・ディバラさんたちは魔力柱の補強に集中。

第二段階。

魔力柱の補強がいい具合に進んできたところで、俺とステラ・ルーンがスイッチ。

二人がイリスの足止めをしている間、俺は一人で魔力柱を補強。

最終段階。

全魔力柱の補強が完了したところで、ディバラさんが合図。

五本の魔力柱を一つに束ね、天領芒星を完成させる。

(今のところ、第一段階は完璧……！)

ここから先は、第二段階へ移行だ。

「小僧、どこへ行くつもりだ？　戦いはまだ終わっておらぬぞ……！」

イリスが右手を伸ばし、極寒の吹雪を差し向けてくる。

しかし、

「魔炎光刃《こうじん》！」

「天廷炎螺《てんていえんら》！」

「煉獄無常！」

ステラ・ルーン・オルグの三人が、それぞれの魔術を展開し――猛吹雪を掻き消した。

「神代の魔女イリス。あなたの相手は、私たちよ……！」

「アルトさんに、手は出させません……！」

「ソノ程度デハ、アルトニ届カヌゾ！」

頼りになる仲間たちに戦場を預け、俺は自分の仕事に集中する。

(これが大魔王の封印術式か……)

眼前に立ち昇るのは、妖しい光を放つ魔力柱。

（……凄いな）

千年以上もの間、神代の魔女を封じ込め続けた封印。

とても高度な術式だと聞いていたけど、まさかここまで複雑なものだとは……正直、驚きだ。

（大魔王は完全体のイリスと戦いながら、こんなに難しい封印術式を構築したのか……）

それはまさに『神業』と呼ぶにふさわしい所業だ。

（っと、早いところ、自分の仕事を終わらせてしまわないとな）

俺は静かに意識を集中させ、魔力柱を補強していく。

（……けっこう魔力を持って行かれるな……っ）

ディバラさんの話によると、本来この作業は高位の魔術師十人以上が、お互いに魔力を融通し合って実行するものらしい。

深刻な人手不足とはいえ、これを一人でやるというのは……正直、けっこうキツイ。

俺が自分に割り当てられた魔力柱を補強していると、

「――あぁ～、鬱陶《うっとう》しいのぅ！」

見るからに苛立った様子のイリスが、パシンと両手を打ち鳴らし、超高密度の魔力を放出。

それはもはや『魔術』と呼べるような代物じゃない。

基礎スペックにモノを言わせた、暴力的な魔力の発散。

単純明快、それゆえ強力。

「～～っ」

「きゃぁ⁉」

「ヌゥ……ッ」

強烈な爆風に押され、ステラたちは四方へ飛ばされてしまう。

「（そろそろ魔力柱を削っておかねば、せっかく崩した封印が再構築されてしまうのぅ……）まずはくだらぬ羽虫どもから潰してくれようか。血氷術・零の吐息《といき》」

イリスは攻撃対象をディバラさんたちへ変更。

雪や氷さえも凍結させる、絶対零度の風が吹き荒ぶ。

「しまった……⁉」

「みなさん、逃げてください……！」

「小癪《こしゃく》ナ……ッ」

魔力柱の補強に全神経を注ぐディバラさんたちは、持ち場から離れることも、迎撃のための魔術を展開することもできない。

「「……ッ」」

彼らの表情が絶望に染まる中、

「――悪いけど、そうはさせないよ」

俺はすぐさま伝承召喚・日輪の龍を展開。

暖かな天日《てんじつ》をもって、極寒の冷風を溶かしていく。

「小僧、何故……⁉」

忌々《いまいま》しげにこちらを睨み付けるイリス。

「あ、アルト……！」

「アルトさん、助かりましたぁ……っ」

「『仕事』トヤラハ、モウヨイノカ？」

「あぁ。みんなのおかげで、なんとか無事に終わったよ」

俺の担当する魔力柱は、既に補強完了。

後は、ディバラさんたちを待つだけだ。

「さて、と……。それじゃ力を合わせて、神代の魔女を抑えようか」

「……ッ」

それから俺・ステラ・ルーンは、冒険者学院時代に磨いた連携を駆使して、大暴れするイリスを完全に封殺した。

「偶像召喚・鉄血神《てつけつしん》アステラ」

「魔炎激衝《げきしょう》……！」

「聖女の福音・讃美歌《コラール》」

「ぐ……っ（マズい。マズいマズいマズいマズい……っ。小娘二人ならまだしも……今の儂では、アルトに勝てぬ……ッ。くそ！　ラココのような烏合《うごう》が、どうやってこんな化物を見つけてきたのだ……!?）」

そうして彼女の動きを抑えていると――残り四本の魔力柱が、ほとんど同時に完成した。

「はぁはぁ、待たせたな……っ。それではこれより、仕上げに移るぞ……！」

ディバラさんが大声を張り上げ、いよいよ最終段階へ突入。

五芒星の五角に立ち昇る魔力柱、これらを全て中心へ――イリスの囚われた結晶のもとへ結集し、神代の魔女を完全に封印するのだ。

俺はすぐに自分の担当する魔力柱を操作し、他の四本と重ね合わせていく。

天領芒星を完成させるには、全ての魔力柱の『出力』と『波長』を完璧に合わせる必要があるのだが……。

（こ、これ……めちゃくちゃ難しいな……ッ）

ラココ族のみなさんの魔力には、祖霊のものが入り混じっているため、非常に合わせづらかった。

（ふぅー……っ）

小さく息を吐き出し、全神経を魔力コントロールに集中する。

五つの魔力柱は徐々に融和していき、床に刻まれた五芒星の術式が、淡い光を放ち始めた次の瞬間――大地が大きく揺れた。

「な、何よこれ……地震⁉」

「か、かなり大きいですよ⁉」

ステラたちは思わず身を固め、魔力柱の融合が中断されてしまう。

「――『上』だ！」

俺が警告を発すると同時――氷極殿の天蓋が弾け飛び、途轍もない衝撃波が吹き荒れた。

（この出力は……マズい……ッ）

全速力で『転』の手印を結ぶ。

「――現象召喚・黒縄《こくじょう》！」

触れたものを冥府へ誘う黒縄を召喚し、押し迫る衝撃波を別の時空へ飛ばした。

地響きはピタリと止まり、辺りに静寂が降りる中――遥か頭上、ぽっかりと空いた大穴からは、大空に浮かぶ満月が見えた。

「ば、馬鹿な……っ。ここから地上まで、いったい何百メートルあると思っているのだ!?」

ディバラさんが驚愕に目を見開いた直後、魔力柱の一本が根元からへし折られる。

「「「なっ!?」」」

すぐにそちらへ目を向ければ、

「ディバラ様……」

「申し訳、ございませぬ……ッ」

ラココ族の魔術師たちが、バタバタと倒れていく。

「――あぁ、よかったぁ。なんとかギリ間に合ったっぽいねぇ」

この凶事をしでかした張本人は、背中に翼を生やした謎の男。

どこか気だるげな顔をした彼は、ホッと安堵の息を吐いていた。

「神代の魔女はさぁ、大魔王様と所縁のある貴重な存在。勝手に封印されちゃ、困るんだよねー？」

大魔王様・所縁、そしてこの仄暗い魔力……。

おそらくこの男は、レグルス・ロッドと同じ『復魔十使』の一人と見て、間違いないだろう。

「ま、魔力柱が……。先祖代々守りし封印が崩れていく……っ」

「神代の魔女が……復活する……ッ」

ディバラさんたちは顔を青く染め、残り四本となった魔力柱をただ呆然《ぼうぜん》と見上げる。

天領芒星は、五本の魔力柱によって構築された封印術式。

たとえ一本でも破綻すれば、その影響はすぐさま残りの四本へも及び、あっという間に封印全体が崩壊してしまう。

「ふはははは！　何やらよくわからぬが、これは僥倖《ぎょうこう》じゃわい！」

イリスが高らかに笑い、彼女を封じ込める結晶に亀裂が走っていく。

（……天蓋をぶち抜いてきた謎の男。彼のことは一旦後回しだな）

今最も優先すべきは、天領芒星の維持！

俺は自分の持ち場についたまま、遥か遠方の魔力柱へ回路を伸ばし――接続。

「――そう簡単には、崩させないよ」

大量の魔力をぶち込むことで、折れた魔力柱を無理矢理に再構築した。

「小僧……っ。お主という奴は、どこまで邪魔をしおるのだ……ッ」

イリスが渋面でこちらを睨み付け、

「この魔力は……救世主様⁉」

「魔力柱を強引に補強するとは……なんという神業《かみわざ》！」

「ありがとうございます、ありがとうございます……っ」

ラココ族のみなさんは、感謝の言葉を口にする。

（ふぅー……。遠隔＋二本目の魔力柱の補強、さすがにキツイな……ッ）

魔力がゴリゴリと削られていく……のはまぁ、この際いいとして……。

他人の構築した術式を丁寧になぞり、その構成や魔術因子を壊さぬよう細心の注意を払いながら、最適出力の魔力をもって補強していく。

この作業、とにかく『集中力』という精神のリソースを食う。

こんな状態では、どうしても術式の構築が遅くなるうえ、複雑な高位召喚や同時・連続召喚を展開できない。

召喚士の強みである変幻自在の戦闘に、大きな足枷がついてしまった。

とにもかくにも——なんとか盤面を落ち着かせたところで、ようやく招かれざる新手へ目を向ける。

「——お前は復魔十使か?」

「『お前』なんて言わないでよ。僕にはちゃんとルル・シャスティフォルって、立派な名前があるんだからさ」

ルル・シャスティフォル。

男にしては少し長い紫色の髪。

身長は百五十センチほど、外見上の年齢は十五歳ぐらいだが……。

背中に生えた翼から判断して『悪魔族』、実年齢は定《さだ》かじゃない。

前髪で隠れた右目・どこか気だるげな顔・線の細い肉付き、なんとなくダウナーな雰囲気の漂う男だ。

「じゃあルル、お前は復魔十使なのか?」

「うん、そうだけど……。なんで復魔十使《ぼくたち》のことを知って……ん？　白い髪・大人しい顔・異常な魔力量……もしかして君、アルト・レイス？」

「あぁ、そうだ」

俺がコクリと頷くと同時、ルルはわかりやすく顔を顰めた。

「うわぁ、最悪……っ」

「俺のことを知っているのか？」

「レグルスから聞いた。なんか鬼のように強い召喚士なんだってね……」

「なるほど、あいつ繋がりか……」

（レグルスを呼び捨てにしているということは……ルルは少なくとも、あれと同格かそれ以上の術師と考えるべきだろう。……厄介だな）

（うわぁ、やりたくないやりたくないやりたくない……。さっきの一幕《ひとまく》で十分わかるって……アルトの魔力量、これほんとガチでマジでヤバいやつじゃん……。何食べたらこんな風に育つの？　彼、人間でしょ？　主食魔力ですか？　それになんかこの場所、大魔王様の天領芒星のせいで、『幻想召喚』が使えないっぽいし……。……素の魔術合戦でやったら、多分僕ぶっ殺されるな。………うん、これは無理だ。大人しく逃げよう）

ルルが翼をはためかせ、フワリと空中に浮かび上がった瞬間――イリスが声をあげた。

「そこの『前髪』。お主、この儂に用があるのじゃろう？」

「いや前髪って……これ、僕のお洒落ポイン――」

「煩《うるさ》い。疾く、質問に答えろ。その鬱陶しい長髪、引き千切られたいか？」

「あっ、はい……。一応、神代の魔女様にご用があってお伺いさせていただきました……（何この偉そうな女……怖っ……。僕が一番苦手なタイプ……）」

「ふむ、そうか。いったいなんの用かは知らぬが……。手を貸してやってもよいぞ」

「あーいや、でも……あちらの御方がちょっと怖いので、この場は失礼しようかなぁと……」

「アルトを恐れる気持ちはわかる――が、まぁ聞け。大魔王の天領芒星は、全盛期の儂をもってしても『再現不可能』と断じるほどの大魔術。如何《いか》にアレが化物といえど、たった一人で魔力柱を二本も維持したまま、大きな召喚魔術を展開することはできぬ」

「それって……マジの話ですか？」

「儂の真名に懸けて、真実と断言しよう。そもそもの話、封印術式とは『張り直し』が基本であり、『維持・補強』することなぞ滅多にない。他人の術式へ手を加えるのは、膨大な魔力・高度な技量・並外れた集中力を要するからのぅ。ましてやそれが大魔王の構築した術式を補強するともなれば、その難度はまさに天井知らず。たとえどれほど優れた術師であれ、本来の力を出すことなぞ絶対に不可能。儂の見立てでは……アルトは現状、半分の力も出せぬじゃろうな」

……大正解。

さすがは神代の魔女。

封印魔術についても、よくご存じのようだ。

「それじゃ今は――」

「――アルトは本来の力を発揮できん。そしてこの厄介な封印さえ崩せれば、儂は完全復活を果たし、かつての力を取り戻せる！　そうなった暁には、アルト・レイスを八つ裂きにし、前髪の『用』とやらにも協力してやろう！　だから、手を貸せ！　周囲の魔力柱をへし折り、この僕を解放するのじゃ！」

「……なるほど（この偉そうな女は、かつて大魔王様とやり合った正真正銘の『化物』……。戦力としては申し分ない。というかこのまま尻尾巻いて逃げたら、絶対みんなに滅茶苦茶怒られる。……うん。今は逃げるより、共闘《きょうとう》した方が得策っぽいかも）」

この流れ、マズいな……。

俺はゴホンと咳払いをし、ルルの注意を引く。

「――確かお前たちの目論む『大儀式』には、大魔王と所縁のあるものが必要なんだろ？　大魔王が手ずから組み上げた天領芒星《これ》は、その最たるものじゃないのか？」

「んー、なんか難しいことはよくわかんないんだけどさ。アイツが言うには、氷極殿の天領芒星はニャココ……だっけ？　とにかく、変な部族の魔力がガンガン継ぎ足されちゃっているから、とてもじゃないけど大儀式の礎《そ》には使えない。それよりも、神代の魔女の方が大事なんだって」

それは残念。

ということは……『最悪のパターン』か。

「前髪、わかっておるな？　召喚士という生き物は、大抵『奥の手』を隠し持っておるものじゃ。最初はアルトに手を出さず――」

「――周囲の雑魚《ざこ》っぱを叩いて、魔力柱をへし折るんでしょ？」

「よろしい！」

神代の魔女イリスと復魔十使ルル。

一人でも厄介な相手が、互いに手を取り合い――。

「血氷術・銀零氷晶！」

「万象天握《ばんしようてんあく》」

二人同時に襲い掛かってきた。

(イリスの放った巨大な氷の結晶、こちらは属性有利を取るオルグに任せるとして……)

問題はルルの展開した未知の術式『万象天握』だ。

(一見したところ、ただの衝撃波。氷極殿の天蓋に風穴を開けた魔術と同じものに見えるけど……)

俺が敵の術式を分析している間にも、ステラとルーンが迎撃を開始する。

「魔炎裂衝《まえんれつしよう》！」

「比翼天水《ひよくてんすい》！」

炎の斬撃と水の波動は、迫り来る衝撃波を打ち払う。

(けっこうな威力だけど……っ)

(二人掛かりでならば、相殺しきれます……！)

すると――衝撃波を隠れ蓑《みの》にして接近したルルが、前衛のステラを強襲する。

「そらよっと！」

中空から繰り出された右横蹴り。

「甘い……！」

彼女は半身《はんみ》でそれを躱《かわ》し、返す刀で斬り掛かる。

しかし、

「あはは、ボクに物理は効かないよ？　万象天握」

「なっ⁉　がは……っ」

鋭い斬撃がルルの胸部を捉えた瞬間、その衝撃はステラに跳ね返った。

「ステラさん……⁉　この……瞬影郷雷《しゅんえいごうらい》！」

ルーンはすぐさまカバーに入り、強力な雷を広範囲に解き放った。

だが、

「残念無念、魔術も効かないんだよなぁ！　――万象天握」

ルルは無邪気に笑いながら、彼女の魔術さえも容易く跳ね返した。

「そん、な……きゃぁ⁉」

雷にその身を焼かれたルーンは、その場に跪《ひざまず》く。

「――オルグ！」

「ワカッテオル！」

灼熱の炎を纏ったオルグが、ルルのもとへ殺到し、巨大な棍棒を振り下ろす。

「ヌゥンッ！」

「下下炎獄を統べる王か。『ガチ』ならかなりキツイ相手だけど……今の君なら問題ないね。――万象天握」

ルルの裏拳と棍棒がぶつかり合った瞬間、オルグの巨体が吹き飛んだ。

「ヌゥ⁉」

「あはは。まさかあんなに飛ぶなんて……さすがは炎鬼、凄い力だ」

ステラの斬撃とルーンの魔術を反射したうえ、オルグを圧倒するあの膂力……。

（……なるほどな。ルルの術式は――）

俺がようやく解《こたえ》に辿り着かんとしたその時、

「――くくっ。良き働きじゃぞ、前髪！　そぉら、もう一本追加だ！」

フリーになっていたイリスが、三本目の魔力柱をへし折った。

（くっ）

俺は即座に魔力を回し、魔力柱を補強するが……。

（さすがにもう……限界だ……ッ）

途轍もない魔力消費に加えて、脳に掛かる莫大な負荷。

どう足掻いても、俺が維持できるのは三本が限界。

後一本でも折られれば、天領芒星は完全に崩壊してしまう。

「いやいや、たった一人で三本も維持するなんて、さすがに無茶苦茶過ぎるでしょ……。どんな魔力と処理能力なのさ……」

「確かに驚異的じゃが……。アルトの小僧とて、もはや限界を超えておる。四本目は確実にもたぬな」

ルルとイリスは涼しい顔をしながら、そんな会話を交わしている。

（現状、確かにかなり不利な状況に追い込まれているけど……っ）

イリス単独ならば抑え込めるし、万象天握のネタもおそらく摑んだ。

つまり、今優先すべきは――異物《イレギュラー》の排除！

「ステラは『斬撃』！　ルーンは『風』！　オルグは『炎』！」

俺の抽象的な言葉に三人は素早く反応、

「魔炎連斬《まえんれんざん》！」

「霹靂衝風《へきれきしょうふう》！」

「生徳羅炎《しょうとくらえん》！」

系統の異なる三種の攻撃が、ルルのもとへ殺到。

すると――。

「いっ⁉」

彼は万象天握を展開せず、一目散に中空へ逃げ出した。

物理・魔術――あらゆるものを反射する術式を使わず、逃げ出したのだ。

「やっぱりそうか」

「アルト、どういうことなの⁉」

「これは、いったい……？」

不思議そうな顔をしたステラとルーンは、詳しい説明を求めてきた。

「万象天握――その術式効果は『現象の掌握』。斬撃・打撃・魔術を問わず、ありとあらゆる『現象』を支配し、その力を操作することができるんだ。但し、掌握できる現象は、術式を展開するごとに一種類のみ」

「ということは、ルルの術式は一対一ならば絶対の力を誇るけれど……」

「一対多なら、そこまで恐れる相手じゃない……！」

「あぁ、そういうことだ」

「……ビビり前髪、露骨に逃げ過ぎじゃ」

「………すみません」

万象天握のネタは割れた。

『幻想召喚』は広義の結界術に属するため、天領芒星が生きている現状、ルルはその切り札を使うことができない。

つまり――奴を仕留めるには、今が絶好のチャンス！

「ステラ、ルーン！　俺はこれから約一分、下下炎獄を完全召喚し、『オルグの本尊』を呼び出す！　オルグがイリスを抑え込んでいる間に、二人はなんとかしてルルを仕留めてくれ！」

「わかった！」

「承知しました！」

戦闘方針が定まり、にわかに勝機が見え掛けたその時――パチパチパチという乾いた拍手が響く。

「――見事じゃ、アルト・レイス。圧倒的な魔力量・卓越した召喚術・類稀な戦術眼、お主ほどの召喚士は、神代にも二人とおらぬじゃろう」

イリスは純粋な賞賛を口にした後、飛びっきり邪悪な笑みを浮かべる。

「しかし、残念だったのぅ。『時間切れ』じゃ」

次の瞬間、彼女を封じる結晶に巨大な亀裂が走った。

「くそ、やられた……っ」

イリスには、天領芒星を崩す二つのプランがあったようだ。

一つは魔力柱をへし折り、外部から崩すこと。

一つは第五術式を無力化し、内側から崩すこと。

外と内——二つの破壊工作を同時に進めていたのだ。

(さすがは神代の魔女、老獪な手管《てくだ》だな……っ)

俺が奥歯を嚙み締めている間にも、大魔王の構築した最強の封印術は崩壊し、そこに秘められた膨大な魔力が霧散していく。

神々しい魔力柱が消え、巨大な結晶が砕け散った次の瞬間、

「……き、た……っ。きたきたきたきたぁあああああああ……！」

身の毛のよだつような極寒の魔力が吹き荒れ、周囲一帯が銀世界に彩られる。

『千年』……言葉にすれば一瞬じゃが、本当に……本当に長かった……」

完全復活を果たしたイリスは、万感の思いの籠った呟きを零す。

「む、無理よ……こんな化物……っ」

「どうやって戦えば……」

ステラとルーンは、イリスの放つ絶大な魔力に当てられ、完全に戦意を喪失していた。

「さてさて、魔王様の天領芒星もなくなったし、ボクの幻想召喚も解禁だね！　これは一気に形勢逆転、かな？」

切り札を取り戻したルルは、無邪気に微笑む。

「さぁアルト・レイス、これより神代の魔術合戦を始めようではないか！」

かつての力を取り戻したイリスが、極寒の冷気を解き放つ中、

「ふぅー……やっぱりこうなったか」

俺は大きく長いため息をつく。

千年前の封印術式を維持・補強するなんて、土台無理な話だったのだ。

ならばどうする？

——原点に立ち戻り、封印を張り直せばいい。

俺が『封』の手印を結ぶと同時、五芒星の角から新たな魔力柱が立ち昇る。

「小僧、貴様……まさか……!?」

「イリス、『二つのプラン』を同時に進めていたのは、お前だけじゃないぞ？」

全神経を集中して術式を構築、そこへありったけの魔力を注ぎ込む。

「——封印召喚・天領芒星！」

次の瞬間、天空へ伸びる魔力柱は、相互に干渉・反発を繰り返し、複雑な五芒星を描き出す。

それと同時、完全復活を遂げたイリスの体が、再び分厚い結晶に覆われていった。

「あり得ぬ、こんな馬鹿なことが……ッ」

「嘘、でしょ……!?」

一瞬の驚愕の後、絶叫が響き渡る。

「前髪イ！　今すぐアルトを殺せ！　幻想召喚を使うのじゃ！」

「もうやってる！　でも、無理……幻想空間を構築できない……っ。この封印魔術は、正真正銘『魔王様のそれ』なんだ……ッ」

「こ、の……！」

イリスはまだ自由の利く右手を振るい、極寒の冷気を飛ばした。

完全体となった彼女の魔術――その威力は想像を絶し、触れたもの全てを銀氷に変えていく。

天領芒星の構築に全魔力を注いでいる今の俺に、これを防ぐ術《すべ》はない。

しかし、

「――サセヌ！」

獄炎を纏ったオルグが、その身を盾にして防いでくれた。

「ぐっ、下下炎獄の畜生め。鬼の誇りとやらは、どこへやったのだ……!?」

「ソンナモノ、当ノ昔、アルトへ捧ゲテオルワ」

問答を交わしている間にも、封印はどんどん進んで行く。

「この儂が……こんなガキに……ッ。おのれ、おのれおのれ、おのれぇえええ……！　アルト・レイス、その名前、未来永劫と忘れぬぞぉおおおおおおお……！」

凄まじい怨嗟の声が轟く中、千年前の魔女イリスは、再び永い眠りについた。

氷極殿が静寂に包まれる中、俺は新たな手印を結ぶフリをしながら、ルルの方へ視線を向ける。

「さて、と……後はお前だけだな」

「いや、えっと……それなんだけど……（大魔王様の封印魔術を使ったんだから、アルトはもうほとんど碌に召喚魔術を使えない……はず……。でも、弱った召喚士は何を召喚するかわか

んない……。うん、ここは逃げよう）」

　右へ左へと視線を泳がせた彼は、

「ぼ、ボク、ちょっと用事を思い出しちゃった！」

　背中に生えた翼をはためかせ、天上の大穴から逃げ出した。

「あっ、ちょっと待ちなさい！」

「逃げるんですか！」

　ステラとルーンが「待った」を掛けるが、ルルはまったく取り合わず、凄まじい速度で飛び去った。

（ふぅー……）

　イリスの再封印・復魔十使ルルの撃退――戦術目標を達成した俺は、ホッと安堵の息を漏らす。

「あぁ、疲れ、た……」

　次の瞬間、視界がグラリと揺らぎ、その場で膝を突いてしまう。

「アルト……!?」

「アルトさん、大丈夫ですか!?」

　ステラとルーンが慌てて駆け寄って来てくれた。

「あ、あはは、ごめん。でも大丈夫、ただの魔力切れだ」

　もはや小鳥一羽として召喚できない。

　いつの間にか、オルグの召喚も解けてしまっている。

　こんな状態になるのは、師匠に召喚魔術を教わった時以来だ。

俺がぼんやりと完成した天領芒星を見上げていると、ラココ族のみなさんがポツリポツリと言葉を漏らす。

「天領芒星が……我らの悲願が、成《な》った、のか……？」

「我らは、勝ったのか……？」

どこか呆然とする彼らへ、俺は告げる。

「――はい。これで後千年は持つでしょう。この勝負、俺たちの勝ちです」

次の瞬間、歓喜の大爆発が巻き起こった。

✦

神代の魔女イリスの再封印に成功した。

この報《しら》せは瞬く間に村へ伝わり、先祖の悲願を成し遂げたラココ族は歓喜に沸き、呑めや歌えやの大宴会が始まった。

月明かりに照らされた広場中央には、大きな祭壇が設けられ、そこに灯された火が煌々と燃え上がる。

横笛と太鼓によるラココ族の伝統音楽が奏でられる中、

「うぅ、よかったぁ……。神代の魔女が封印できて、本当によかった……っ」

「今日はなんて日だ！　こんなに酒が美味《うま》いのは、いつ以来になるか！」

「おぉ、偉大なる祖よ。今宵、我らは至上の使命を成し遂げることができました」

感涙に咽《むせ》び泣く者・浴びるように酒を呑む者・祖霊に祈りを捧げる者、表現の仕方はみんなそれぞれ違うけれど、ここは今、幸せと喜びでいっぱいだった。

そして――。

「救世主様、どうぞこちらをお召し上がりください！」

「ラココに伝わる伝統料理でございます。お口に合えばよいのですが……」

「あ、ありがとうございます……っ」

俺のもとへは、海や山の幸が次々に運ばれてくる。

イリスの封印が完了した後すぐ、「すみません、自分は救世主でもなんでもないんです」と正直に打ち明けたのだけれど……。

「はっはっはっ、何をおっしゃいますか！」

「またまた御冗談を……あの神の如き召喚術は、救世主様にのみ許された御業でしょう！」

「それに何より、アルト殿が村へ訪れてすぐ、ラココの真碑に刻まれた『天地鳴動』が起きたのです。貴殿こそ、伝承にある救世主様にほかなりません！」

ラココ族のみなさんはそう言って、まともに取り合ってくれなかった。

その結果、俺は今も救世主様として、異常なほどの厚遇を受けている。

「はぁ……。ラココ族を騙しているような気がして、なんだか気が重いな……」

目の前にズラリと並んだ御馳走を見ながら、深く大きいため息をつく。

「もう……アルトはちょっと真面目過ぎ。――ん～っ、おいしぃ！　ほら、せっかく作ってくれた料理が冷めちゃうわよ？」

「ラココ族からすれば、アルトさんは正真正銘の救世主。『嘘も方便』と言いますし、あまり気負う必要はないかと。それよりも――一緒に食べませんか？　ラココ族の伝統料理、とってもおいしいですよ？」

「そう、か……。うん、そうかもな」

ステラとルーンの後押しを受け、気持ちを切り替えた俺は――全力で宴《うたげ》を楽しむことに集中し、ラココ族の御馳走に舌鼓を打った。

そうやって伝統の演奏と料理を楽しんでいる間、

「救世主様、此度は本当にありがとうございました……っ。最長老として、ラココを代表し、感謝いたします」

「アルト様、この御恩は一生忘れません」

最長老様やヒリンさん、その他大勢のラココ族の人たちが長い列を成し、代わる代わる感謝の言葉を述べていく。

そしてその中には、族長であるディバラさんの姿もあった。

彼は静かに膝を突き、深々と頭を下げた。

「――救世主アルト殿。先般の非礼、ここに詫びせていただきたい。儂の未熟さ故、貴殿の真の力を見誤り、くだらぬ戯言を吐き捨てた。……申し開きの余地もない」

「い、いえいえ、どうかお気になさらないでください」

自分よりも一回り……いや三回りぐらい年上の人に、こうも真剣に謝られたら、却《かえ》ってこちらが恐縮してしまう。

「なんという深き懐……完敗でございます。このディバラ、一から鍛え直さねばならぬようですな」

憑き物が取れたかのように柔らかな笑みを浮かべた彼は、「宴はまだまだ続きます。どうぞお楽しみください」と言って、クルリと踵を返すのだった。

その後、賑《にぎ》やかな宴会は夜通し続き、東の空が白み始めた頃に一旦のお開きを迎える。

「――それじゃ自分たちは、このあたりで失礼しますね」

「ありがとうございました」

「みなさん、お体には気を付けてくださいね」

俺・ステラ・ルーンが別れの言葉を口にすると、村中に激震が走った。

「そ、そんな……もう行ってしまわれるのですか!?」

「今日の今日ですよ!?　そんなに急がなくとも……」

「救世主様ぁ、せめて後三日……いえ、一日だけでも……っ」

ラココ族の人たちはそう言ってくれたけれど……。

「すみません、お気持ちは大変嬉しいのですが、ギルドへの報告を急がなくてはいけませんので」

クエストを達成した冒険者は、可及的速やかにギルドへ報告する義務がある。

それに何より、俺はこの件について、校長先生とみっちりと濃密なお話をしなければならないのだ。

「そうですか……。なれば、仕方ありませんね」

最長老様はかなり名残《なごり》惜しそうだったけれど、こちらの事情に納得してくれた。

「救世主様、またいつでもいらしてください。我らラココは、貴方様の御来訪を心よりお待ちしております」

「此度は本当にありがとうございました！」

「次に来る時までに、アルト様の立派な像を立てておきますねー！」

こうして俺たちは、大勢のラココ族に見送られながら、王都への帰路に就くのだった。

✦

それからしばらく街道沿いを歩き、ラココ村が見えなくなったあたりで、俺は大きくグーッと伸びをする。

「ふぅー……今回はさすがに疲れたな」

「アルト、大活躍だったもんね」

「まさか大魔王の封印魔術を召喚するなんて……相変わらずというかなんというか、アルトさんの召喚魔術は本当に無茶苦茶ですねぇ」

ステラとルーンから労《ねぎら》いの言葉が掛けられた直後、

「まったく、おかげで割を食わされたわ」

背後から響いたのは、存在しないはずの四人目の声。

バッと勢いよく振り返るとそこには——。

「なんじゃ、素《す》っ頓狂《とんきょう》な顔をしおって」

手乗りサイズに縮んだ神代の魔女イリスが、フワフワと空中に浮かんでいた。

「イリス、どうして……⁉」

「あなた、封印されたはずじゃ⁉」

「いったいどういうことですか⁉」

俺たちはすぐさま戦闘態勢を取ったが……どうやらイリスにその気はないらしく、パタパタと左手を横に振った。

「これこれ、そう構えるでない。この体は謂《い》わば分身、羽虫ほどの力さえ持たぬ」

「……分、身？」

分身を作る魔術には、いくつか心当たりがある。しかし、それらは基本的に、術者からの魔力供給を前提として成り立つものだ。

今現在、イリスの本体は氷極殿の最下層に封印されている。

外部からの魔力供給なしで、自律した分身を生み出すとは……いったいどんな方法を使ったのだろうか。

「ん、何を訝しがっておるのじゃ？　小僧の天領芒星が完成する直前、儂は魂の一部を切り離し、完全封印から逃れた――ただそれだけのことよ」

自らの魂を切り分け、意思を持つ分身を成す。

口で言うのは簡単だが、途轍もなく高度な魔術技能だ。

さすがは神代の魔女というべきか、魔術の扱いについては頭一つ抜きん出たものがある。

「しかし、この小さき体はまっこと不便でのぅ……。先も言った通り、とかく『脆弱《ぜいじゃく》』の一言

に尽きるのじゃ」

「まぁ……そうみたいだな」

イリスの分身に宿る魔力は、非常に弱々しかった。

魔力を隠している気配もないし、『弱くて困っている』というのは、きっと本当のことなのだろう。

「このままではそこらの低級モンスターに食われるのが関の山、せっかく逃がした魂の欠片は霧散し、またあの忌々しい結晶に逆戻り《ろうごく》り……。そこで儂は考えた、深き叡智の詰まったこの頭蓋を以って、考えに考え抜いた。その結果が――これじゃ！」

イリスは得意げな笑みを浮かべ、ピンと人差し指を立てた。

「喜べ、小僧！　貴様と召喚契約を結んでやる！」

実に偉そうな態度と口ぶりで、そんな提案を持ち掛けてきた。

「え、えー……」

予想の斜め上を行く提案に困惑していると、ステラとルーンが眉をひそめる。

「でも今のイリスって、雑魚モンスターに食べられちゃうぐらいに弱いんでしょ？」

「召喚契約を交わしたとして、アルトさんの役に立つでしょうか……？」

二人の意見に対し、イリスは呆れたとばかりに鼻を鳴らす。

「まったく、これだから尻の青いガキどもは……。確かに儂は弱くなった。本体《オリジナル》と比すれば、もはや別個体と断ずるほかないほどにな。しかし、こと知識においては、露ほども色褪《あ》せておらぬ！　この頭蓋に収まりし味噌には、魔術全盛の時代――神代の知識が刻まれておるのじゃ！」

「なるほど……」

確かにこれは、イリスの言う通りだ。

知識は時として、力よりも大きな価値を持つ。

しかもそれが神代の知識ともなれば、その価値は計り知れないだろう。

「神代の知識が有用なのはわかるけど……。そもそもの話、どうして自分を封印した敵に――アルトに契約を持ち掛けるの？」

「やはり何か裏があるのでは……？」

尚も追及を続ける二人に対し、イリスはすらすらと解を述べる。

「先も述べた通り、今の儂は雪のように儚《はかな》く可憐《かれん》な存在ゆえ、寄《よ》る辺《べ》の確保が必須。前髪が所属する復魔十使とやらは胡散臭く、ラココ族は儂を嫌悪しておるうえに弱い。消去法的に小僧しか残らぬというわけじゃ」

彼女はそう言うと、ジーッとこちらに視線を向ける。

「まぁそれに……小僧は中々に歪な存在。お主といれば、そう退屈することもないじゃろうて」

意味深な笑みを浮かべたイリスは、何やら含みのあることを口にした。

「ねぇアルト、イリスはあんなこと言っているけど……」

「アルトさんは、どうするおつもりなんですか……？」

「うーん、そうだなぁ……」

召喚獣として正規の契約を結ぶと、そこには少なからず主従の関係が生まれるため、後ろから背中を刺されることはない。

「特にデメリットもなさそうだし、契約してみようかな」

「そっか。アルトがそう言うのなら、きっと大丈夫でしょ」

「召喚や契約については、アルトさんが一番詳しいですもんね」

二人も納得してくれたところで、改めてイリスと向き合う。

「それじゃイリス、よろしくな」

「うむ、苦しゅうないぞ、主様《あるじさま》よ」

そうしてイリスと召喚契約を結んだ後は、ひたすら街道沿いを練り歩き——正午過ぎになってようやく王都に到着した。

「やっと帰って来られたな」

「あー……疲れた。今回のクエスト、ちょっとカロリー高過ぎよ」

「早く温かいお風呂に入って、疲れを洗い流したいですねぇ……」

へとへとに疲れた様子のステラとルーン。

「むにゃむにゃ……。かかっ、氷漬けにしてくれる、わぁ……」

神代の魔女様もお疲れなのか、俺の頭の上ですやすやと眠っている。

「今日のところはとりあえず、冒険者ギルドにクエスト達成報告だけして解散しようか?」

「賛成ー」

「賛成ですー」

賛成多数。

みんなで移動を始めようとしたその時、

「――号外ぃ！　号外だよ！」

目と鼻の先にある大広場で、号外の新聞が配られ始めた。

「号外か」

「いいニュースだといいわね」

「せっかくですし、いただきに行きましょうか」

新聞屋の人から一部もらった俺たちは、広場の端に寄って記事に目を通す。

「これは……酷いな」

『十の冒険者パーティによる討伐隊、傀儡回廊の攻略に失敗！』

ヘッドラインを飾っていたのは悲報、そして最後のページには、殉職した冒険者の名前がズラリと並んでいた。

（傀儡回廊……またここか……）

傀儡回廊。

立体迷宮のような形をしたダンジョンで、その内部には非常に強力なモンスターが生息しているそうだ。

冒険者ギルドはこれまでに何度か討伐隊を結成し、傀儡回廊に派遣しているけれど……その全てが失敗に終わっている。

風の噂によれば、このダンジョンの最奥には、大魔王の忌物が眠っているとかいないとか。

（傀儡回廊、早く攻略されたらいいのにな……）

俺がそんなことを思っていると、

「アルト……これ……っ」

「な、何かの間違い……ですよね？」

ステラとルーンが真っ青な顔で最後のページを――死亡者リストの一角を指さした。

「……………え？」

一瞬、理解できなかった。

脳が理解を拒んでいた。

『B級冒険者レックス・ガードナー』

冒険者学院時代からの大切な友達の名前が、死亡者リストに載っていた。

「………………レックスが……死んだ……？」

追放されたギルド職員は、世界最強の召喚士
～今更戻って来いと言ってももう遅い。
旧友とパーティを組んで最強の冒険者を目指します～／了

あとがき

はじめましての方は、はじめまして！　何度か他作品でお会いしている方は、またお会いできましたね！　月島秀一です。

まずは本作を手に取っていただき、ありがとうございます！

月並みな言葉ですが、とっても嬉しいです！

早速ですが、本編の内容に軽く触れていきたいなと思います。いつも注意喚起を行っているのですが、本編よりも先にあとがきから読む派の人達は、この先ネタバレが含まれておりますので、ご注意くださいませ！（昔はあとがきから読む派の人が、ポツポツいらっしゃったのですが、今の時代はどうなっているのでしょうか……）

さて記念すべき第一巻は、不遇な召喚士アルトが、意地悪なギルド長デズモンドに酷いイジメを受けているところから始まりました。ずっと苦しい思いをし続けてたアルトなのですが、ギルドの職員を辞めてからは、その圧倒的な召喚魔術で八面六臂《はちめんろっぴ》の大活躍！　彼のとんでもない召喚魔術の数々と激しい戦闘場面は、書いていてとても楽しく、一番筆が乗るところです！

そしてそして物語の最後には、親友のレックスが死亡したとの新聞記事が……。まさか序盤にチラッと登場しただけで、退場してしまうのか……⁉　今後の展開に目が離せません！

それから本作はなんと『コミカライズ企画』が進行中でして、おそらくそう遠くない未来にいろいろと動きがあるかと思います！　今、私の手元には漫画版のキャラクターデザインとネームがあるのですが……これがまぁとにかく凄いのなんの！　アルトがステラがルーンが、縦横無尽に動く動く！

アルトの大迫力の召喚魔術！　ステラとルーンの可愛さ！　次々に飛び出す、多彩な召喚獣！　どのページもどのコマも見応えたっぷりなので、どうかぜひ、こちらもご期待ください！


さてそれでは以下、謝辞に移らせていただきます。

イラストレーターのチワワ丸様・担当者売者様・校正者様、本書の制作にご協力くださった関係者のみなさま、ありがとうございます。

そして何より、本書を手に取っていただいた読者のみなさま、本当にありがとうございます！

それではまたどこかでお会いできることを祈りつつ、今日はこのあたりで筆を置かせていただきます。

月島　秀一

追放されたギルド職員は、世界最強の召喚士

～今更戻って来いと言ってももう遅い。旧友とパーティを組んで最強の冒険者を目指します～

MAG Garden NOVELS

追放されたギルド職員は、世界最強の召喚士
～今更戻って来いと言ってももう遅い。旧友とパーティを組んで最強の冒険者を目指します～

発行日　2023年10月25日 初版発行

著者 月島秀一　イラスト チワワ丸

発行人　保坂嘉弘
発行所　株式会社マッグガーデン
〒102-8019 東京都千代田区五番町6-2
ホーマットホライゾンビル5F
編集 TEL：03-3515-3872　FAX：03-3262-5557
営業 TEL：03-3515-3871　FAX：03-3262-3436
印刷所　株式会社広済堂ネクスト
担当編集　陣屋浩介（シュガーフォックス）
装　幀　木村慎二郎（BRiDGE）＋矢部政人

ISBN978-4-8000-1354-5 C0093　Printed in Japan

著者へのファンレター・感想等は〒102-8019（株）マッグガーデン気付
「月島秀一先生」係、「チワワ丸先生」係までお送りください。